Il Fedro

Ovvero Della bellezza

Platone

Texte et illustration de couverture : © domaine public
Edition : Culturea (Hérault, 34)
Contact : infos@culturea.fr
Retrouvez notre catalogue sur http://culturea.fr
Imprimé en Allemagne par Books on Demand
Design typographique : Derek Murphy
Layout : Reedsy (https://reedsy.com/)

Dépôt légal : janvier 2023

ISBN : 9791041843923

SOCRATE Dove, caro Fedro? e donde?

FEDRO Da Lisia, o Socrate, il figliuol di Cefalo, e me ne vo a spasso fuor le mura; che ben l'ho passata lí a stare a sedere sin dal mattino. E all'amico tuo e mio dando io mente, ad Acumeno, passeggio per le vie aperte; che, dice cosí, ci s'invigorisce piú che ad andar sotto a' loggiati.

SOCRATE E' dice bene, o amico; ma Lisia era in città, pare?

FEDRO Sí, da Epicrate; qui a casa Morico, qui, presso all'Olimpio.

SOCRATE Che vi si è fatto? O gli è certo v'ha convitato Lisia, dandovi a mangiar le sue orazioni.

FEDRO Saprai, se hai tempo di camminare tu, e prestarmi orecchi.

SOCRATE Che? non credi tu che la cosa dell'aver novella della conversazione tua con Lisia io la pongo sovra a ogni cosa io, a dirla con Pindaro?

FEDRO Via, muoviti.

SOCRATE Di', se vuoi.

FEDRO E' convien bene, Socrate, che tu m'ascolti, ché, non so come, era ella d'amore l'orazione con la quale ce la siam passata. Lí ritrasse Lisia una di coteste bellezze, che è accostata; ma non da amatore. E l'è immaginata con arguzia, perché dice che piú presto si ha ad essere graziosi a un che non ami, che a un che ami.

SOCRATE Oh il generoso! scritto anche avesse che piú a un povero che a un ricco, e piú a un vecchio che a un giovine, e tutto l'altro che fa a me e a quelli come me; che sarebber gentili orazioni coteste, e proficue al popolo. Ora io ho cosí gran voglia di udire, che se, camminando, tu facessi la passeggiata sino a Megara, e, secondo Erodico, accostatoti alle mura, tornassi di nuovo, non ti rimarrei però addietro io.

FEDRO Che di' tu, o buon Socrate? Credi quel che Lisia compose in molto tempo, a suo agio, egli il piú possente scrittore de' nostri dí, questo possa rammentare io in forma degna di lui, io che sono uno sciocco? ce ne vuole! benché l'è cosa che mi farebbe piú gola, che non l'oro a manate.

II.

SOCRATE Eh Fedro, se io non conosco Fedro io, non ricordo piú neanche me! ma non è l'una né l'altra cosa. Che io so bene che s'egli udí una orazione di Lisia, non la udí solo una volta, ma sí gliela ebbe a far rileggere molte volte da capo; e colui sempre lí pronto. E non gli bastava; e all'ultimo dando al libro di piglio, dove piú facevagli bramosía affigge gli occhi: e se la passa fin dal mattino cosí, stando a sedere. Stracco poi esce a spasso con tutta la orazione nella memoria, credo cosí, per il Cane, se pur non era assai lunga; e passeggia fuor le mura, per rimuginarla meglio. Ed ecco s'abbatte a un ch'è malato dalla passione d'ascoltar discorsi; e a veder egli, a veder un con il quale fatto avrebbe insieme le baccanate, s'allegra; e gli dice che cammini con lui. Quello, lo amator di discorsi, lo prega gli reciti la orazione; ed egli far lo sdegnoso; benché all'ultimo, non l'avesse voluto ascoltar nessuno, non si poteva tenere non la recitasse da sé. Dunque tu, Fedro, prega lui che, quel che in ogni modo sarà per fare tra un poco, lo faccia subito.

FEDRO Per me veramente il meglio è dir subito come posso; che m'hai cera tu di non mi voler lasciar stare finché non t'ho fatto io contento in qualunque modo.

SOCRATE E la mia cera dice vero.

III.

FEDRO E farò cosí: le parole, ti dico schietto, non è quello che appresi io piú a mente, ma il concetto sí di quasi tutta l'argomentazione, per la quale ei provò che fra un che ama e un che non ama ci è differenza; e tutta io te la dirò per ordine brevemente, cominciando dal principio.

SOCRATE Mostra prima, o amico, che tu hai nella mano sinistra sotto il mantello; tu hai, io sospetto, l'orazione stessa; e se questo è, fa ragione che io ti voglio bene pur assai, ma, se ci è Lisia, non mi pare ch'io mi abbia a prestare a te per tua esercitazione.

FEDRO Basta: sperava io d'esercitarmi con te, e tu mi hai levata via la speranza. Ma dove tu vuoi che sediamo per leggere?

SOCRATE Di qua volgendo sí andiamo lungo lo Ilisso; ci porremo a sedere dove ci parrà meglio, quietamente.

FEDRO Buon per me, che son scalzo; tu poi sempre: si va meglio cosí in quel che ci si bagna i piedi; e non spiace a questa stagione dell'anno specialmente, e a questa ora del giorno.

SOCRATE Cammina, e guarda ove si ha a sedere.

FEDRO Vedi quel platano alto alto?

SOCRATE Come no?

FEDRO Là è ombra e un leggiero venticello, ed erba se vogliamo sedere, o sdraiarci.

SOCRATE Va, dunque.

FEDRO Mi di', Socrate, non di qua, dallo Ilisso, si conta Borea avere rapito Orizia?

SOCRATE Si conta.

FEDRO Di qua? da vero l'acqua è dolce, e chiara, e alletta le fanciulle a fare lor giuochi.

SOCRATE No, ma due o tre stadii piú giú, dove si passa al tempio della Cacciatrice, dove un altare è a Borea.

FEDRO Non ho bene inteso. Ma di', per Giove, credi ancora tu, Socrate, a cotesta favola?

IV.

SOCRATE E se non ci credessi neanche io, come non ci credono i savii, non sarei però strano. E poi ragionando sottilmente direi che, ruzzando lei insieme con Farmacea, uno schianto di vento cacciolla giú o dalle rupi qui presso, e, morta, si sparse voce che avessela rapita Borea; o vero dall'Ariopago; ché va per le bocche altresí cotesta novella, che fosse rapita ella di là, e non di quassú. Per certo io le reputo graziose interpetrazioni coteste e da uomo acuto, sí, e faticante, ma da uomo assai fortunato, no, o Fedro; non per altro che è necessitato poi egli di raddirizzare la forma degli Ippocentauri, e poi quella della Chimera, e poi di una sopravveniente turba di cotali Gorgoni e Pegasi ed innumerabili altre strane mostruose nature. E se un non ci crede e le vuol tirare a una a una al verosimile coteste favole, usando di una cotale scienza salvatica, avrà un bel da fare egli. Ma per coteste fatiche non ho tempo io: e la ragione è, che io non posso anche conoscer me stesso, come vuole la iscrizione di Delfo; e mi par ridicoloso che, un che non conosca sé, si metta a spiare in ciò che non lo tocca. Onde cosí fatte questioni le lascio lí e me ne sto all'opinion comune; e non a cotesto, come diceva ora, ma solo a me bado, se per avventura non sia io alcuna bestia diversa, fummosa piú di Tifone, ovvero se animal piú benigno e piú semplice, che ha naturalmente una cotale parte in sé divina e serena. Ma, o amico, in tanto che noi si parla, non è questo l'albero al quale ci volevi menare?

FEDRO Questo è.

V.

SOCRATE Per Giunone, bel luogo quieto! Questo platano distende i suoi rami intorno ed è alto; e questo agnocasto alto anch'esso, co' la sua ombra, è bellissimo; ed è in sul rigoglio della fioritura, sí ch'egli è qui tutto un odore. E vaghissima è la fonte d'acqua che scorre sotto il platano; ed è, come si sente ai piedi, molto fresca. Pare dalle immaginette e statue essere luogo sacro ad alcune Ninfe, e ad Achèloo. E, se altro vuoi, questo venticello d'estate piacevole è assai, e dolce; e risponde con il mormorio suo lieve al coro delle cicale. Ma una bellezza poi è l'erba che pianamente dechina, sí ch'ella par fatta proprio a ciò che un che ci si sdrai su, posi bene il capo. Oh sí che al forestiere tu hai fatto bene da guida, o caro Fedro.

FEDRO Tu, o maraviglioso, mi pari strano ora; ché proprio m'hai, come di' tu, l'aria di forestiero che va dietro a sua guida. Ché non pure tu non ti muovi dalla città per istranei paesi, ma non esci, mi pare, né anche un po' fuor le mura.

SOCRATE Perdona a me, buono uomo: io son un che ha amore d'imparare; or i paesi, gli alberi, non mi vogliono insegnar nulla; gli uomini, sí. E tu, mi pare, hai ben trovata la medicina per invogliarmi a uscire: perché come le bestiole affamate se le traggon dietro, sporgendo con la mano a esse un ramoscello verde, o vero alcun frutto; cosí stendendo tu a me quel libruccio lí con la orazion che vi è dentro, vedo chiaro che mi menerai in giro per tutta l'Attica e dove che tu voglia. Ma, giunti qua, mi voglio sdraiare io; tu, messoti come piú ti pare comodo a leggere, leggi.

FEDRO E ascolta.

VI.

Orazione di Lisia.

«Il fatto nostro conosci; e hai udito quale giovamento io penso che verrà a noi, se ella è come è. Or non mi pare che con me tu abbi ad avere salvatichezza, però che verso te non sono io di quelli presi da amore: perocché quelli del bene fatto, quetata la passione, si pentono; ma quelli liberi da amore non verrà dí mai che pentimento li punga, perché, non per necessità, ma volontariamente e in modo da provvedere a sé il meglio che possano, secondo le facoltà loro gli altri beneficano. E, ancora, dico che quei legati da amore pensano le lor male andate faccende per cagion sua, ed i beneficii fatti, e i sostenuti travagli, e si credono isdebitati da un pezzo in verso alla persona a loro diletta. Ma quelli liberi né il pretesto hanno da addurre delle neglette faccende, né delli affanni durati, né delle discordie co' lor proprii parenti per altrui colpa; sicché non rimane loro, tolti via tanti mali, che far prontamente tutto ciò che alla persona amata fia grazioso. E, ancora, se opponi tu che quelli innamorati si dee assai averli in pregio però ch'ei dicon d'amare cordialissimamente e di esser presti a fare e in parole e in opere, nimicando anche gli altri, ciò che all'amor loro piú aggrada; rispondo che facil cosa è conoscere s'ei dicono vero, perocché, volgendosi poi il desio ad altri, piú pregeranno questi novelli che non quelli di prima, e, quando piaccia a questi, a quelli faranno anche del male. E ti par dunque che sia da fare getto del cuore per un sí sciagurato, la sciagura del quale non si proverebbe di cessare niuno uomo per savio che fosse? Ed ei medesimi confessano essere insani della mente anzi che no, e conoscer la insania loro, ma non si poter raffrenare. Onde come approverebbero poi consigli presi quando ei non eran savii, rinsaviti che fossero? E, ancora, dico che se sceglier volessi tu il migliore tra quelli presi da amore, potresti fare la elezione tra pochi; ma, tra molti, se il piú convenevole a te fra quelli altri cercassi: e, cercando fra molti, ci sarebbe assai piú di speranza di trovare colui che dell'amicizia tua fosse degno.

VII.

Se poi de' fatti tuoi temi i pispigli fra la gente, bada che gli amatori ne darebber piú verisimilmente cagione, i quali, credendo abbian gli altri ad invidiare a essi la buona ventura di tenere il cuore tuo, sí come se la invidian tra loro, vanagloriando divulgherebbero ch'ei non penarono vanamente; quegli spassionati, per contrario, però che si signoreggiano, niuna nominanza presso gli uomini ma solamente il tuo amore vogliono. E, ancora, quei legati da passione è di necessità che la gente abbia novella dello accompagnar ch'e' fanno in frotta la persona diletta, o che vegga; e, in colloquio veggendoli, ne susurri e creda che ciò sia o per passata o per futura desianza di amore; ma se fan questo medesimo quelli da passione sciolti, non è osata murmurare, perché si sa che parlar con alcuno è necessario, o per amicizia o per alcun'altra cagione. E se stai in paura perocché credi difficil cosa che l'amicizia perseveri, e che, nascendo discordia, venga sciagura a tutti e due, ma a te il maggior danno, a te che hai perso quel che piú hai caro, la letizia della giovinezza; ragionevolmente degli amatori piú paventeresti, perocché molte sono le cose che dànno loro doglianza, e checché succeda immaginano che sia a loro danno. Ond'ei distornano la persona diletta dalla conversazione con altri, temendo di quelli, se ricchi, non li soperchino in ricchezza, e, se letterati, in lettere, e universalmente temendo della potenza di qualunque possieda mai alcun bene al mondo; e per tal modo persuadendoti di nimicare tutti, ti riducono senza amico veruno, nella solitudine. E se tu, a' fatti tuoi badando, sarai piú savio di loro, sí verrai con loro in dissensione. Quelli per contrario che non per passione ma sí per virtú si ebbero il desiato tuo amore, non che non invidierebbero chi volesse conversar teco, odierebbero chi non volesse; giudicando che ti sprezzano quelli, e che questi ti posson giovare; sicché ci è piú di speranza assai che di ciò nasca amicizia, non inimicizia.

VIII.

E, ancora, molti di cotesti amatori innanzi furon presi dalla bellezza del viso, che i costumi e le altre condizioni tue conoscessero; sicché non è certo, allora quando più non li trae a sé il diletto della bellezza, se volessero tuttavia essere amici. Ma quei non suggiugati da passione, i quali erano amici anche prima, non è verisimil cosa che poi, per cagion di tuo amorevole consentimento, l'amicizia scemino. E, ancora, migliore diventerai tu più tosto dando a me orecchio, che a un che a passione è suggetto; perocché costoro tuoi detti e fatti fuor del diritto modo magnificano tra per la paura gl'inimichi, e per lo amore il quale fa che travedano. E da poi che così mostra amore, ad essi, se male avventurati, paiono gravi cose quelle che non porgono ad altri niente di gravezza; e, se bene avventurati, cose di sollazzo indegne, paiono sollazzevoli; sicché conviene avere più presto compassione a loro che invidia. Ma se dài orecchio a me, io converserò teco, non cercando la presente dilettazione, ma sí bene la utilità futura; non vinto da amore, ma sí me medesimo vincendo; non per piccole cose forte inimicizia accendendo, ma sí ancora per gravi cose tardi a piccola ira movendomi; e agli involontarii tuoi mancamenti indulgendo, e procurando quelli volontarii di rimuovere; perocché questi sono segni di amicizia molto durabile. Che se t'aombra il sospetto non possa nascer forte amicizia se non da forte amore, pensa che noi più non vorremmo bene a' figliuoli, padri, madri; e fidati amici non ne vorremmo più avere; perocché cotali vincoli da altra cagione si fanno, che non è amore.

IX.

Ma dirai tu, che come si dee far grazia ai poveri specialmente, cosí nelle altre cose non a' più pregiati ma sí a' più desolati si dee far bene; perocché, liberati ch'essi siano da lor gravissimi mali, ci saranno grati pure assai. Cosí non gli amici si dee invitare a mensa, ma sibbene coloro che ci pregano e che abbisognosi sono di essere disfamati; perocché quelli ci faranno carezze poi, e compagnia, e starannosi a' nostri usci, e faranno festa, e sarannoci riconoscenti, e pregherannoci ogni bene. E io ti rispondo, che non a quelli che sono in grande necessità conviene essere graziosi, ma sí bene a quelli che ti possan render grazia per grazia; non a quelli di te cupidi, ma sí a quelli di te degni; non a quelli i quali solamente di tua primavera si diletteranno, ma sí a quelli che nel tuo verno ogni lor bene teco in comunione porranno; non a quelli che appresso gli altri glorieranno di te, ma sí a quelli che, per modestia, con tutti si taceranno; non a quelli che cureranno di te per picciola ora, ma sí a quelli che tutto il tempo della vita amici saranno; non a quelli che, quando dechinato è il fiore di bellezza, allora cercheranno appicco d'inimicizia, ma sí a quelli che la lor virtú allora piú mostreranno. Dunque ti ricorda di quelle cose ch'io ora ho dette; e pensa che a quelli conturbati da amore gli amici lor isregolata vita rampognano; ma a quelli di animo quieto non rampognò niuno mai che per cagion d'amore alle cose loro mal provvedessero. Ma forse or mi domanderai se io ti vo' confortare che tu dia il tuo cuore a tutti i disamorati. Ma io penso che anche di quelli innamorati niuno conforterebbeti a voler essere amoroso verso tutti, perché né l'amor tuo sarebbe all'istesso modo a chi lo riceve degno di grazia; né tu lo potresti all'istesso modo tener celato alla gente, ancora che volessi: e pur bisogna che da esso amore danno niuno, anzi giovamento, venga a tutti due. Mi par che oramai basti quel ch'io ho detto; ma tu se ancora alcuna altra cosa desideri, la quale credi che io abbia tralasciato, dimanda».

X.

FEDRO Che ti pare, Socrate, la orazione? non sovrumana, massime per le parole?

SOCRATE Divina, o amico, sí che ne fui percosso; e questo per guardare te, perocché ti rilucea in viso la gioia mentre che leggevi; e parendomi che di coteste cose tu piú di me sentissi, ti seguitava, o divino capo, e, seguitandoti, baccheggiava con te.

FEDRO Via, ti par di scherzar cosí?

SOCRATE Oh non ti par che dica da senno io?

FEDRO No, Socrate, no; ma sii schietto, per Giove custoditore dell'amicizia: credi tu che alcuno altro Elleno possa dire altre cose, piú, e piú grandi di queste, su questo soggetto?

SOCRATE Che? forse dobbiam lodare tu e io la orazione da cotesto lato, cioè che l'autore quello ha detto che si avea a dire? o solo da cotest'altro lato, che tornito egli ha e arritondato con cura e polito ciascun vocabolo? Se tu vuoi che la lodiamo da quel lato, e io la lodo; per te, per me no; che non mi fui accorto di nulla io per la mia nullità, che solo alla retorica posi mente; e, quanto essere Lisia atto a dir ciò che si avea a dire, credeva che neanche egli medesimo ci credesse. Anzi, se pur non nieghi, mi parve che ripetuto abbia due o tre volte le medesime cose, come un che non avesse il modo di dir molto su uno stesso soggetto. Può essere che non badasse a cotesto; ma e' mi parve chiaro che, pompeggiandosi a ripetere le medesime cose or in una forma e ora in un'altra e sempre assai bene, volesse giovineggiare.

FEDRO Non è vero niente, anzi questo è, o Socrate, il principal pregio della orazione, che di tutto quel che era a dire non ha lasciato nulla; sí che oltre a quello che detto ha Lisia niuno potrebbe dire mai piú altre cose, né piú degne.

SOCRATE Questo poi no; ché antichi e savii uomini e donne, che favellarono e scrissero di cotali cose, mi riproveranno se acconsento per far piacere a te.

FEDRO Chi sono essi? e dove tu udito hai piú belle cose di queste?

XI.

SOCRATE Ora come ora non mi rammento; ma udite le ho da alcuno, certo: o da Saffo la bella, o da Anacreonte il savio, o da alcuno prosatore. D'onde lo argomento io? da questo, che, non so come, mi sento avere pieno il petto, e oltre a coteste cose scritte da Lisia altre poterne dire io, e non peggio. E però che da me non ho appreso nulla, che conosco bene la mia ignoranza, rimane che da stranie fonti, cosí penso, per li orecchi mi sia riempiuto io a mo' di vaso, e per la mia tardità di mente mi sono fin dimenticato come e da chi io le abbia udite.

FEDRO Parli, generosissimo uomo, assai bene; e già vedo che non diresti come e da chi tu udito hai, se pure ti comandassi. Ma quel che di', fallo: promettimi di scostarti da Lisia e di dir tu cose diverse da questo suo libruccio qui, meglio e non peggio. Io poi, come i novi Arconti, ti prometto che porrò una statua d'oro, quanto un uomo, in Delfo; non pur la mia, ma la tua anche.

SOCRATE Sei un amore, o Fedro, e proprio un uomo d'oro, se pensi che affermare io voglia che Lisia non ne ha imbroccata pur una, il che non succede anche a scrittoruzzo dei piú da poco, e che io sia buono a dir altre cose oltre a tutte quelle dette da lui. Per esempio, ch'è quel di che si ragiona ora, un dicitore che proponga che si ha a essere graziosi piú a un che non ama che a un che ama, s'e' tralascia cotesto necessario argomento (quello di Lisia), cioè che l'uno è savio, l'altro pazzo, e l'un però è da encomiare e da biasimar l'altro, credi tu che ne possa ritrovare alcuno nuovo? Dunque si ha a far grazia a costui e gli s'ha a concedere che, non che non contraddica, cotali argomenti li adoperi; e quanto a essi non è la invenzione a lodare, ma sola la disposizione: quanto poi a quelli non necessarii e a ritrovare malagevoli, lí, oltre alla disposizione, è a lodare la invenzione anche.

XII.

FEDRO E' mi par giusto e convengo con te io: e farò cosí, concederò che tu ridica e supponga come principio l'argomento di Lisia: «Un che ama è piú ammalato di un che non ama». Ma, quanto a quelli argomenti non necessarii, hai a far da te; e se dirai cose diverse da lui, piú, e piú degne, vo' che, condotto a martello, tu allato alla statua dei Cipselidi te ne stia, in Olimpia.

SOCRATE Hai proprio creduto, o Fedro, che io volessi riprendere il tuo diletto; io scherzava con te! e pensi che io voglia sorpassare davvero la sapienza di lui, e mettermi a dire chi sa quali piú leggiadre cose e nuove?

FEDRO O amico, ci se' cascato anche tu ora come me, ch'e' ti convien parlare a ogni modo, come tu puoi. E bada non si faccia quel brutto giuoco da commedie a rimbeccarci l'un l'altro, e non mi voler costringere a ridire quelle parole tue: «Socrate, se io non conosco Socrate, io non ricordo piú né anche me»; e quelle altre: «Aveva ei la gran voglia di parlare, e facea lo svogliato». Or su, fa ragione che non si va via di qua innanzi che detto abbi tutto quel che ti senti d'avere in petto. Siamo tu e io soli, dove non c'è nessuno; e poi io son piú forte e piú giovine; dunque intendi quel che a te dico, ch'è meglio che tu parli, anzi che per forza, per amore.

SOCRATE Ma, o beato uomo, farò ridere se di contra a buono componitore oserò improvvisamente parlare su l'istesso soggetto, io sciocco.

FEDRO Sai che c'è? non mi far piú il bello, che ci ho io una certa cosa a dirti, che ti farà bene aprir la bocca.

SOCRATE No, non la dire.

FEDRO No, te la dico; l'è un giuramento. Giuro... ma per chi? per quale degli Dei?... per questo platano qui, se vuoi: sí, giuro che se tu non mi di' cotesta orazione tua dinanzi a cotesto platano, giuro che io piú non ti mostrerò orazion nessuna, di nessuno, mai, e non te ne darò novelle né anche.

XIII.

SOCRATE Cattivo, come l'hai trovata bella tu che sai che le orazioni le amo io, per farmi far ciò che tu vuoi!

FEDRO Ma che hai, che ti schermisci cosí?

SOCRATE Piú niente, che il giuramento lo hai già fatto. E come potrei stare io senza quel cibo?

FEDRO E di'.

SOCRATE Sai come farò?

FEDRO Che?

SOCRATE Dirò, coprendomi il viso: cosí mi affretto quanto posso; e, non guardando te, non sarò impacciato per vergogna.

FEDRO Di', e fa' come tu vuoi.

SOCRATE Su via, o Muse, o che voi canore siate cosí dette per il modo del canto, o che abbiate voi questo nome per la musica gente dei Ligii, aiutatemi la orazione che questo buono uomo qui mi costringe di fare, acciocché, se prima parea a lui sapiente l'amico suo, gli paia anche piú ora.

Una volta c'era una bellezza, giovinetta assai e gentile. Attorno le ronzavano molti amatori, e uno di essi era astuto; il quale, acceso dentro sé d'amore non men che gli altri, aveale fatto intendere ch'egli non amava. E un dí messosi a ragionare con lei, la fe' persuasa di quello che dice Lisia, che s'ha piú a essere graziosi a un che non ama, che a un che ama; e disse cosí:

XIV.

Prima orazione di Socrate.

In tutte le cose a quei che si voglion bene consigliare uno è il principio, ed è che sappiano su che hanno a prender consiglio; altrimenti è necessario errare pure assai. Ora è nascosto ai molti ch'egli ignorano la essenza delle cose, e nondimeno, come se la conoscessero, non procuran di concordarsi quando incomincian la questione, e, procedendo, pagano la pena, però che non si concordan poi l'un con l'altro né con sé medesimi. Onde perché non succeda a me e a te ciò di che diamo biasimo agli altri, dacché ci è messa davanti la questione se convenga far amicizia piú con un che è amatore, o con un che non è; poniamo concordemente la definizione che è l'amore e quale la potenza sua, e riguardando a quella esaminiamo se egli giovamento o vero danno ne arrechi. Che amore è un cotale desiderio di bellezza, palese è a ciascuno. Ma altresí quei che non amano si sa che desiderano le cose belle. Dunque come discerneremo noi colui che è in suggezion d'amore, e colui che no? Ecco, si vuol considerare che in ciascuno di noi ci è due potenze, le quali ci donneggiano e menano; e noi le seguitiamo per dove elle ci menano; l'una è la cupidità innata de' piaceri, l'altra è l'acquisita opinione e volizione del bene. E a volte elle sono in concordia; ma a volte no, e quando vince questa, quando quella. E se la razionale opinione vince, che conduce al bene, la signoria sua ha nome di temperanza; e se lo irrazional desiderio vince, che ci trae ai piaceri, e in noi domina, la dominazione sua ha nome d'intemperanza. E ha la intemperanza alla volta sua molti nomi, però che molte membra essa ha, e forme; delle quali forme quella per avventura piú parvente, fa che si chiami per il nome suo colui che le è suggetto; nome che non degno è ad avere, né bello. In vero quel desiderio che, quanto a usare del cibo, vince la ragione e la volizione del bene e gli altri desiderii, chiamasi gola, e, colui che lo ha, goloso. E palese è il nome che si conviene al desiderio di ebbrezza, se esso occupa alcuno, e menalo e tiranneggia. E piú sono palesi gli altri nomi fratelli di questi nomi, che si convengono a' desiderii fratelli di questi desiderii, secondo quale piú signoreggi. Or a qual desiderio abbia io inteso dicendo coteste cose, è quasi chiaro; ma sarà piú chiaro se io lo dico, che se non lo dico. E io lo dico: lo irrazional desiderio suggiugante la opinione che indirizza a ciò ch'è diritto, traendosi al piacere veniente da bellezza, e forte ingagliardito dagli altri desiderii suoi cognati, desiderii ancor di bellezza, ma di quella di corpi; e facendosi duce; e vincendo; dall'istessa gagliardia sua pigliando denominazione, fu chiamato Eros, cioè Amore. Non par a te, come a me, che io sia ora acceso da divino fuoco, caro Fedro?

XV.

FEDRO Sí, o Socrate, scorre la parola tua copiosamente, fuori dell'usato.

SOCRATE Odimi, dunque, con silenzio; che par veramente divino il luogo, sí che se io sarò invasato, nel processo della orazione, dalle Ninfe, non ti maravigliare: e già molto da ditirambi non è lungi quel che io ora suono.

FEDRO Dici verissimo.

SOCRATE E cagion se' tu: or sta' a udir l'altro, se no la inspirazione ne anderebbe via. Ma a questo provvederà Iddio, e noi volgiamoci di nuovo alla giovinetta bellezza. - Oh tu, detto è, e definito, su che si ha a prender consiglio; e riguardando alla definizione diciamo ora quello che segue, cioè quale giovamento o danno verisimilmente verrà da un che ama, e da un che no, a chi poi donerà amore. Colui ch'è soggiugato dal desiderio del diletto della corporale bellezza, è di necessità che l'amata persona renda ai suoi occhi quanto esser può dolce. E dolce è a colui che è infermo, quello che non gli rilutta; onde quello ch'è piú possente di lui, o uguale a lui, a lui è nimico. E però un amatore non sosterrà volentieri che la persona amata sia da piú di lui, né uguale a lui; ma sempre da meno, e necessitosa. Or da meno è un senza lettere d'un ch'è letterato, e uno timido di un forte, un mutolo di un parlatore, e un tardo di uno pronto di mente. L'amatore dunque è necessità di tanti mali dell'anima e di piú altri che goda, se naturali; e, se avventizii, che li procuri ei medesimo; se no privato subitamente è del diletto. Dunque è necessità sia invidioso; e rimovendo da altre molte giovevoli conversazioni la persona amata, per le quali d'assai forte animo ella diventerebbe, è necessità che siale cagione di grave danno; e di danno gravissimo rimovendola da colei che farebbela prudentissima: questa è la divina Filosofia. Ed è necessità che ne la rimuova, perché è paurosissimo quella non lo disprezzi; e principalmente è necessità che procuri che di ogni cosa quella sia ignara, e in ogni cosa riguardi pure a lui per consiglio: e, se tale ella fosse, molto sarebbe ella dolce a lui, ma molto a sé amara. Quanto all'anima gli è dunque tutore e compagno niente giovevole un che è in suggezione di amore.

XVI.

E or si ha a vedere come vorrebbe allevata e curata la persona della quale si fosse fatto signore, egli necessitato di seguitare il diletto, anzi che il bene. Ecco, e' sarà veduto tenere dietro a persona non dura, ma sí molle; allevata non al puro sole, ma nella crassa ombra; a maschie fatiche e secchi sudori non avvezza; di vita delicata; imbellita di stranii colori e ornamenti, per difetto di suoi proprii; e di tutte le altre cose curante, che a queste seguono. Le quali per essere palesi piú non ne narro e, già assommatele, passiamo ad altro: ed è, che di cosí fatti corpi in guerra e nelle altre necessità gravi i nemici prendon baldanza, e gli amici stanno in grande paura e tremore. Ma egli è chiaro, dunque via, e si dica quello che segue, cioè quale giovamento o qual danno arrecherà quanto a possession di beni la tutela e la consuetudine dello amatore. Certo questo è palese a ognuno, e all'amatore specialmente, cioè ch'ei pregherebbe fosse de' piú preziosi, cari e divini beni orfana la persona amata; e che vorrebbe fosse ella priva di padre e madre e congiunti e amici, per piú godere della conversazione sua dolcissima. E però che lei avente copia d'oro o altra sostanza non giudicherà cosí facile donargli amore né, donatoglielo, serbarlo, però l'amatore è forte necessità che dolgasi se la persona amata possiede beni, e, se li perde, che goda. E anche il piú di tempo che si possa l'amatore pregherebbe che quella fosse senza nozze, senza figliuoli, senza casa, per potere il piú di tempo che si possa diletto avere della bellezza di lei.

XVII.

Ci è, gli è vero, altri mali anche; ma alcun demone meschiò un certo ancorché fuggevol piacere ne' piú di essi. Come nel lusingatore: dannosissima ed ispaventosa bestia egli è, e pur la natura vi mise dentro un cotal piacere non senza gentilezza. E se alcun biasima come calamitosa la etera, e altre molte creature e cose simili, elle pur tutto dí sono dolcissime. Ma l'amatore, oltre che dannoso, anche è, a passare con lui il dí, la piú spiacevol cosa del mondo. Imperocché è vecchio proverbio che sol quei d'una medesima età godon fra loro;

ché menando, credo io, medesimi diletti la medesimezza di tempo, essa partorisce amicizia: e pur altresí a loro lo stare insieme alla lunga genera sazietà. E poi a ciascuno ogni legame è grave: e molto è grave, senza la dissimiglianza, l'amatore a chi egli ama, perocché un piú vecchio conversando con piú giovane mai volentieri in nessuna ora del dí si parte; ma necessità ed estro lo pungono, ch'e' non può non si trarre verso a quel giovinetto viso, e, a guardare, a sentire la voce, riceve dilettamento, sí che stassene lí a servire assiduo e con piacer suo. Ma intanto a quell'anima quale consolazione e diletto darà egli, sí che non faccia che ella mortalissimamente della conversazione con lui non si annoi, vedendo una faccia vecchia e vizza, e ciò che n'esce, che fastidia pure a udire? ella, che a qualunque si accosti è guardata sempre da guardiani sospettosi ? ella, costretta a ricever per li orecchi leziose ed eccessive lodi; e vituperii, lui savio, non tollerabili, e, non che non tollerabili, nauseosi, lui ebbro?

XVIII.

E l'amatore, pernicioso e spiacevole, è, cessato l'amore, infido verso chi egli con molte promissioni e molti giuramenti e preghiere a stento ritenne che, per isperanza di alcun bene, allora quella sua conversazione gravosa sopportasse. E quando giunge tempo che le promissioni si adempiano, la lusingata anima non s'avvede che dentro colui mutato è il re e signore, cioè che venuto è senno e temperanza in luogo di amore e furore; e non si avvede che colui divenuto è un altro; e gli chiede pur grazia e rammentagli le cose d'allora pur come se con il medesimo uomo di prima ella favellasse. E colui non ardisce dire, per vergogna, che divenuto è un altro, e che però non può serbare giuramenti e promesse fatte sotto alla prima signoria pazza or che recuperato ha la mente e tornato è savio; dalla paura, rifacendo le cose d'allora, non ridivenga quel ch'era allora. E però, abbandonando quell'anima che da prima amava, fugge, come si fa al gioco de' cocci quando e' cadon rovesci; fugge; e quella, indignata, inseguelo imprecando a sé per aver ignorato da principio che non doveva porgere orecchio a un innamorato e però pazzo, ma sí a un piú tosto senza amore, ma savio; che altrimenti gli era come darsi a un infido, discolo, invidioso, spiacente, dissipatore, male curatore della gentilezza del corpo, peggio curatore della gentilezza dell'anima; della quale in vero piú preziosa cosa non è né sarà mai, né agli uomini né agl'Iddii. Queste ragioni, dunque, hai a considerare fra te, perché tu sappia che procede da avidità di diletto, non da benevolenza, l'amicizia dell'amatore.

Come il lupo ama l'agnello,

Cosí ama lo amatore.

Questo io volea dire: piú non ti dico, e la mia orazione qui abbia fine.

XIX.

FEDRO Io credeva che fosse a mezzo, e che del non amatore avessi tu altresí a dire, come convenga essere graziosi piú tosto a lui, noverando tutt'i vantaggi. E perché ristai, o Socrate?

SOCRATE Non ti sei tu accorto, o beato uomo, che mi uscivan dalla bocca versi eroici, ditirambi non piú; e questo mentre che io diceva vituperii? Or se comincerò a dire lodi dell'altro, che credi tu che farò io? Sai tu che visibilmente me infiammeranno le Ninfe, verso alle quali mi hai tratto provvedutamente? Dico in una parola che di tutti i mali che abbiam vituperati nell'uno, ci ha tutti i contrarii beni nell'altro. Ma che bisogno è di andare per la lunga? già detto è assai di tutti e due: e or alla favola tocchi ciò che le tocca, ch'io passo questo fiumicello, e vo' via, innanzi che tu m'isforzi ad alcuna cosa piú grave.

FEDRO No, Socrate, no, innanzi che sia scemata questa vampa di sole. Oh non vedi tu il mezzodí lí che si libra? Stiam qui, e ragioniamo su le cose dette; e, rinfrescato che sarà un poco, ce ne anderemo.

SOCRATE Sei divino e veramente maraviglioso uomo, o Fedro, per le orazioni! Ché io credo di quelle nate in vita tua nessun ne abbia fatto nascere piú di te, o dicendole tu o comechessia costringendo altri: cavatone Simmia tebano, tu vinci tutti. E mi par tu se' già per far nascere un'altra orazione?

FEDRO La non è novella di guerra. Ma come? e quale?

XX.

SOCRATE In quel che io volea, o buono uomo, passare il fiumicello, ecco il demone e l'usato segno; che, quando son per far qualche cosa, sempre mi rattiene egli; e parvemi sentir voce, la quale cosí a me disse: «Non andare via innanzi che tu faccia espiazione»; non altrimenti che se peccato io avessi contro degli Iddii. Un po' sono indovino; valente no, ma, come persona che sa poco di lettere, tanto quanto mi basta a me; e già il peccato lo vedo chiaro io. Veramente è certa divinatrice virtú anche l'anima; perché già prima, mentre che parlava, un po' mi punse ella; e quasi mi s'istralunaron gli occhi dalla paura che, come dice Ibico, in contraccambio di oltraggio fatto agli Iddii, riceva io onore dagli uomini. Ora sento il peccato.

FEDRO Che di' tu?

SOCRATE Orazione spaventosa, o Fedro, spaventosa, è quella che hai arrecato tu, e quella che hai fatto dire tu a me, per forza.

FEDRO Come?

SOCRATE Fatua è, e un po' anche empia: oh se ne può fare una piú spaventosa?

FEDRO No, se tu dici vero.

SOCRATE Che? Non credi tu l'Amore non essere figliuolo d'Afrodite, e un Dio?

FEDRO Cosí si dice.

SOCRATE Ma non disse cosí Lisia, né tu nella orazion che detto hai tu per la bocca mia, avvelenandomela. Or se è, ed è, Dio o un che divino l'Amore, e' non sarebbe niente un male; ma quelle due nostre orazioni disser di lui come se fosse egli un male; dunque peccarono contro Amore. E sollazzevole assai era la fatuità loro, perché, non dicendo nulla di sano né di vero, si facean belle: come se fosser qualcosa per ciò che, dandola a bere a certi ometti, li incantano. Dunque, amico, io ho bisogno di purificarmi. Or, per i peccatori in mitologia, ci è un'antica purificazione; e Omero non la conobbe, Stesicoro sí. Imperocché, privato della luce degli occhi per aver ei detto male di Elena, non ne ignorò la cagione, come Omero, ma sí conobbela bene, siccome musico ch'egli era; e cantò cosí, subito:

«Non è vero quel che dissi io: tu non montasti sopra le bene bancate navi, né giungesti mai a Pergamo di Troia». E tosto com'egli ebbe cantata tutta la palinodia, cosí detta, gli occhi gli si ralluminarono. Ora in questo io vo' essere piú savio di quelli; che, prima di tirarmi guai addosso per avere detto male di Amore, procurerò di cantargli la palinodia, a capo nudo, e non, come allora, coperto per vergogna.

XXI.

FEDRO Cantala: gli è il piú gran diletto che mi possa tu dare.

SOCRATE Ché tu intendi che furono impudenti le due orazioni, questa mia e quella del libruccio lí, o buon Fedro. E davvero se mai udisse noi alcuno nobile e dolce di costumi, amatore d'un come lui o per avventura prima anche amato, noi che diciamo gli amatori per picciolezze prendere gran collere, e invidiosi e perniciosi essere alle lor bellezze, non credi tu ch'ei crederebbe udire uno allevato tra marinai, che non vide mai alcuno libero amore; e però ce ne vorrebbe che acconsentisse ai biasimi che diamo noi ad Amore?

FEDRO Fors'è cosí, per Giove.

SOCRATE E avendo però vergogna io di quello, e paura di Amore, vo' lavarmi l'orecchio, quasi che salso egli fosse, con una orazione che sia dolce; e consiglio anche Lisia che, piú presto ch'ei possa, scriva come bisogna esser graziosi piú tosto a colui che ama che a colui che non ama, stando tutto l'altro alla pari.

FEDRO Sarà fatto, lo sai: perché se tu di' la lode di colui che ama, io son costretto di costringere Lisia che scriva anch'egli un'altra orazione su l'istesso argomento.

SOCRATE Credo bene, finché tu sei quel che sei.

FEDRO Dunque fatti cuore, e di'.

SOCRATE Ma ov'è la giovinetta bellezza alla quale parlava io? vo' che ascolti ancora questa orazione; se no, avverrebbele di far pur ora il viso dolce a colui che non ama.

FEDRO T'è sempre accosto, sí veramente che tu voglia.

XXII.

Seconda orazione di Socrate.

SOCRATE Oh tu, io ora vo' che pensi che la prima orazione era di Fedro figliuol di Pitocle, mirrinusio, e quella che dirò io, di Stesicoro figliuolo di Eufemo, imerese. E dirò cosí:

Non è orazion verace quella che, presente un che ama, dica che si ha a esser graziosi piú presto a un che non ama, per ciò che l'uno è in furore e l'altro è savio: perché, se la mania fosse schiettamente un male, direbbe vero; ma non è, anzi i piú grandi beni ci vengono per mania, quella, intendo io, data per divino dono dagl'Iddii. E veramente la profetessa a Delfo e le sacerdotesse a Dodona fecero all'Ellade molte e belle cose, alle private persone e alla comunità, essendo in furore; savie, poco o niente. E se mentovassimo Sibilla e tutti quelli altri che giovandosi della mantica, dono degli Iddii, dirizzando l'occhio entro il futuro, profetarono molte cose a molti, anderemmo per la lunga, dicendo ciò che pur noto è a ciascuno. Niente di meno si vuol testificare che quelli antichi, i quali posero i nomi, non riputarono brutta la mania né ontosa; se no, la bellissima arte per la quale si scerne il futuro, non la chiamavan manica, involgendoci quell'istesso nome; ma giudicandola cosa bella quando essa è per divino fato, la chiamaron cosí. I novelli poi, della bellezza selvaggi, gittandoci il tau (τ) dentro la chiamaron mantica. E anche la investigazion che si fa dai savii, del futuro, per uccelli o per altri segni, perciò che per discorso di mente essi alla estimativa umana procurano intendimento e cognizione delle cose, oio-nistica (οἰονοϊστικήν) la denominarono gli antichi; la quale con un o lungo (ω) magnificando, oioonistica (οἰωνιστικήν), la chiaman cosí i novelli. Ora, quanto piú è perfetta e onorata la mantica della oionistica, il nome del nome, la cosa della cosa; tanto, dicon gli antichi, la mania veniente dagl'Iddii piú essere bella della saviezza che è negli uomini. E mandando morbi e travagli la collera di alcuno Iddio ad alcune genti, per antichi peccati, se avvenne che si generasse mania in alcuno, essa, profetando ciò che era bisogno e confortando quelle a supplicare e a inchinarsi all'Iddio, trovò la via di salvazione; e procacciando la purgazione e la iniziazione ne' misterii allo invasato e dirittamente infuriato, fe' lui incolume e libero da' mali, allora e poi.

La terza specie di mania ed invasamento è dalle Muse, e piglia le tenere e pure anime, e commuovele e inebbriale alle odi e alle altre forme di poesia; sí che, ornando ella le opere innumerabili degli antichi, dà ammaestramenti a quelli nascituri. Colui poi che va e picchia all'uscio della poesia, senza furore di Muse, credendo diventare buon poeta solo per arte, diventerà poeta sciocco; sí che oscurata è la poesia di lui savio da quella dei furenti.

XXIII.

Tante belle opere posso dire io, anche piú, della mania che vien dagl'Iddii. Onde non se n'ha ad aver paura: né ci sbigottisca e isgomenti alcuna orazione la quale dica, che, piú presto che invasato, è a scegliere ad amico un che sia savio; anzi, se oltre a cotesto mostrerà ella che non a nostro giovamento è messo l'amore dagl'Iddii nel petto della persona che ama e di quella che è amata, abbia la vittoria. Ma il contrario vogliamo dimostrar noi, cioè che tale mania ci è donata dagl'Iddii a nostro grande beneficio, il maggiore che sia: e certo li orgogliosi alla dimostrazione non presteran fede; ma i savii, sí.

Conviene però conoscer prima il vero della natura dell'anima, di quella divina e di quella umana, considerando ciò ch'ella fa e ciò ch'ella patisce. Principio della dimostrazione è questo.

XXIV.

Immortale è ogni anima; perché immortale quello è, che si muove sempre. Ma se cosa muove poi altra, e da altra è mossa, in quella è cessazione di moto, ed è cessazion di vita anche. Dunque, solo quel che si muove da sé, però che mai non abbandona sé, dal muoversi non si quieta mai, anzi fonte è e principio di moto a tutte le cose che si muovono. E il principio è non generato: imperocché è necessità si generi da esso tutto quel che si genera, ed esso non si generi da niuna cosa; perché se il principio da alcuna cosa si generasse, genererebbesi da cosa la quale non sarebbe principio. E dacché è non generato, ancora di necessità è incorruttibile: imperocché se si corrompesse il principio, né esso genererebbesi mai da altro, né altro da esso; se vero è che ciascuna cosa che si generi, si dee generare da un principio. E cosí è principio di moto quello che si muove da sé. E questo non può perire, né generarsi; se no, tutto il cielo e tutte le divenenti cose, cadendo insieme, sí si queterebbero, né ci sarebbe niuna virtú mai, dalla quale mosse elle si potessero generare novamente. Chiaritosi immortale quello che si muove da sé, dicendo alcuno che è questa istessa la essenza e la ragion dell'anima, di muoversi da sé, egli non si vergognerà: imperocché ogni corpo al quale viene il moto da fuori, è inanimato; ma quello al quale vien da dentro, da sé a sé, quello è animato; perché questa è la natura dell'anima. E se veramente è cosí, che quel che si muove da sé non altro è che anima, l'anima sarebbe di necessità senza nascimento e immortale.

XXV.

E basta dell'immortalità sua; quanto alla sua forma si ha a dir cosí: che, a chiarire qual'è, bene ci vorrebbe una sposizione divina per tutt'i rispetti, e lunga; ma, a chiarire a quale cosa somigli ella, è assai una sposizione umana e breve. E noi cosí ne favelleremo.

Si assomigli, dunque, alle possanze connaturate insieme d'una biga alata e un auriga. I cavalli e gli aurighi degl'Iddii son tutti buoni, e figliuol di buoni; mischiati, quelli degli altri. Intorno ai quali è a notare che la parte che dentro noi regge, quella guida il cocchio; e poi, che l'un de' cavalli è buono e bello, esso ed i suoi parenti; e l'altro, esso ed i suoi parenti, cattivo e brutto: onde è assai malagevole a noi il guidamento delle bighe. Ma ora chiariamo la ragione di cotesti nomi, cioè d'animal mortale e immortale. Ogni anima ha in cura tutto quel ch'è inanimato, e vassene, ora in una e ora in un'altra parvenza, in giro per tutto il cielo. E insino a che è perfetta, e alata, vola alto, e governa il mondo; ma se si spenna, trasportata ella è in qua e in là insino a tanto che ad alcuna cosa solida non s'appigli, e, ponendo ivi stanza, non prenda terreno corpo, che par si muova da sé per la possanza di lei; e il tutto, cioè l'anima congiuntamente con il corpo, fu chiamato animale, e datogli il sovrannome di mortale. Il nome d'immortale poi non vien da discorso di ragione, ma sí perché noi ci figuriamo Dio, non avendolo veduto né inteso sufficientemente, un cotal animale immortale, avente anima e avente corpo, disposati insieme per natura e ab eterno. Ma di ciò sia, e sia detto, come piace a Dio. Ora vediamo d'intender la cagione dello spennamento delle ale, perché elle si dispicchino dall'anima. È forse questa.

XXVI.

Fatta è cosí la virtú dell'ala, che ciò che è grave trae su, e leva là dove la generazione degl'Iddii abita. E ha l'ala, piú che niuna parte del corpo, di quel ch'è divino. Ma è bellezza quello che è divino, scienza è, bontà e simili perfezioni; e di queste però si nutre specialmente e fiorisce l'ala dell'anima; e s'attrista e si spenna per li lor contrarii, cioè per bruttezza, malizia, e cotali mancamenti. Ora il gran duce che è in cielo, Giove, ispingendo il suo alato cocchio, va innanzi, e ordina e governa tutte le cose; e lui segue un esercito d'Iddii e di demoni, in undici ordinanze; perché Vesta si rimane in casa degl'Iddii, ella sola. E gli altri annumerati fra i dodici Iddii principi, nell'ordine nel qual ciascuno fu messo, sí guidano loro cocchi. E godendo di molte e gaudiose visioni, fanno molte gaudiose corse per entro il cielo i beati Iddii, adempiendo ciascun di essi pur suo ufficio; e segueli chi vuole e può, dacché riman fuori dal divino coro la invidia. E quando ei vanno a letificarsi a' loro banchetti, incedono per via ardua fin sotto al sommo della volta celestiale. E li equamente librati cocchi degl'Iddii, e agili, trascorron lievi; gli altri, stentano: imperocché, istorcendosi e declinandosi pure a terra, raccosciasi il perverso cavallo, all'auriga che non allevollo bene. E allora molto travaglio e molto aspra battaglia è per le anime. Ma quelle nominate immortali, pervenendo su al sommo della volta, fuori trascorrendo, si posano in sul dosso del cielo; e, posando esse, il rigiramento istesso del cielo le rigira, sí ch'elle vedono tutto quel che è fuori del cielo.

XXVII.

Il sopraccelestiale luogo non lo inneggiò alcun de' poeti di qua mai, e mai non lo inneggerà degnamente. Ecco: e si ha a dir vero, parlando specialmente della verità. La verace essenza, che né colore ha, né figura, e non può essere toccata; che può esser contemplata solo dalla mente, reggitrice dell'anima; che è obbietto della verace scienza, ha questo luogo. E come si nutre di intellezione e scienza sincera la ragione di Dio, cosí quella di ciascuna anima che deputata sia a conseguir ciò che le si conviene, veggendo per alcun tempo e contemplando i veraci enti, si letifica e ne prende nutrimento, e gode; infino a che dal circulato volgimento del cielo là non sia rimenata, dove ella era. E vede in cotesta circulazione la giustizia istessa, vede la prudenza, vede la scienza; non quella mutabile, né quella in uno cosí e cosí in altro di quelli quaggiú detti da noi enti, ma sí la scienza che è da vero, ed è in quello che ente è da vero. E contemplato simigliantemente gli altri enti, e nutricatasene, giú calando ella sotto il cielo, vassene a casa; e, entrata dentro, l'auriga, obbligati i cavalli alla mangiatoia, gitta loro ambrosia, e nettare dà poi a bere.

XXVIII.

Questa è la vita degl'Iddii; quanto alle altre anime, alcuna segue studiosamente un Iddio e fatta si è a lui simile, e però l'auriga suo leva su il capo fuor della volta del cielo, e rigirata ella è intorno insieme con esso cielo: ma a gran fatica, isbigottendola i cavalli, vede gli enti; alcun'altra poi levasi ora su, ora sprofondasi, e parte vede degli enti, parte no, per li riluttanti cavalli. Vengon poi le altre, desiose pur di arrivare i superni luoghi; ma, per non potere, sommergendosi, son menate elle insieme in giro, isbattendosi e percotendosi, in quel che fan pur loro sforzi di andar l'una dinanzi all'altra. Onde un tumulto, zuffa, angoscia, che dire non si potrebbe: e molte ne rimangon sciancate per tristizia degli aurighi, molte ne han rotte molte penne, tutte poi, avendo molto travaglio, imperfette, senza aver contemplato l'ente si partono; e, partite, elle si cibano solo di opinioni.

La cagione poi di codesta sollecitudine di vedere il campo della verità dov'è, si è che lo alimento che fa alla parte gentilissima dell'anima, è in quel prato; e si nutron pur di quello le ali, onde si fa lieve l'anima. E legge d'Adrastia questa è: Qualunque anima vide alcun de' veri seguitando alcuno Iddio, non riceverà molestia insino alla circulazione novella; e, se in perpetuo potrà ella ciò fare, in perpetuo ella sarà incolume. Se poi niente vide, non potendo seguitare l'Iddio, e, per sopravveniente sciagura tutta ismemoratasi e riempiuta di malizia, aggravasi, e, grave fatta, le si dispiccan le penne e cade giú in terra; allora legge è che cotale anima non si trapianti in niuna bestiale natura, nella prima generazione; ma quella che poté veder molto, quella trapiantisi in un futuro filosofo, o in alcuno vago di bellezza, o in alcuno musico e vago d'amore; e che l'anima, seconda a quella quanto a visione, trapiantisi in un legittimo re, o guerriero e duce; e la terza, in un futuro politico, o iconomico, od accumulator di danaro; la quarta, in un futuro ginnastico, volonteroso di fatica, o vero medico; nasconderassi la quinta nella vita d'indovino o di alcuno iniziatore a' misterii; la sesta ben si converrà a un poeta, o alcun altro di altre specie d'imitazione studioso; la settima a un artigiano, o lavoratore di terra; l'ottava a un sofista, o lusingatore di popolo; la nona, a un tiranno.

XXIX.

E fra tutte costoro quella ha meglio sorte che menò dirittamente sua vita; quella che no, peggio. Imperocché per ispazio di dieci mila anni niuna anima tornerà là di dove ella venne; ché non rimpenna l'ala innanzi questo termine; salvoché l'anima di colui che filosofò senza malizia, e quella di colui che sapientemente amò i giovani. Queste, al terzo giro di anni mille, se eleggono tre volte seguitamente la medesima vita, rimesse le penne, si partono. Ma le altre, subitamente al termine di lor prima vita, abbatterannosi al giudizio; e giudicate, alcune scendono sotto terra, ne' luoghi di passione, e quivi portan la pena; e altre, lievi fatte dalla benigna sentenza, si levan su in alcuno luogo del cielo, e vivono serena vita, condegna a quella che menarono in forma di uomo. E, al millesimo anno, venendo le une e le altre al sorteggiamento e alla elezione della seconda vita, eleggono ciascuna quella che le aggrada. Ed ecco allora umana anima entrare dentro vita di bestia, e da bestia, quella che fu una volta uomo, tornare in uomo; perocché quell'anima che non s'allegrò mai della verità, mai non perverrà a umana forma. Imperocché proprio è dell'uomo che intenda quello che prende suo nome dalla specie e procede da molte sensazioni, e per la ragionativa accolto poi è in uno (cioè li universali concetti). E questa intellezione non è che rimemoramento di quelle specie le quali vide una volta la nostra anima, allora che procedeva ella insieme con un Iddio, avendo a dispetto le cose le quali ora diciamo essere (e non sono), tutta intenta in quello che è veramente. E però giusta cosa è che metta ale sola la ragione del filosofo; perocché egli con la memoria sempre è presso, secondo suo potere, a quelle specie medesime presso alle quali è Dio; che però è Dio. E se per diritto modo usa de' suoi ricordamenti, sí come colui che, purificato, sempre è in misterii perfetti, perfetto diviene egli veramente, egli solo. E lui, dimessi li umani studii, intento alle divine cose, lui beffa il vulgo come un fuori di sé, non s'avvedendo ch'egli occupato è da Dio.

XXX.

Qua venuto è dunque tutto il ragionamento sovra al quarto furore, a dire, che se veggendo alcuno la bellezza di quaggiú, si rammenta la verace bellezza, egli mette ali; e, fatto alato, desia di volare in su; e non potendo, però che guarda pure in cielo a modo di uccello, delle cose di quaggiú non curando, egli è riputato pazzo. Venuto è a dire, ch'esso quarto furore di tutt'i gentili accendimenti piú è gentile, e procede da piú gentili cagioni, sí considerato in colui nel quale s'accende, e sí in colui al qual s'avventa; e colui che, preso da questo furore, è desioso delle belle persone, s'addimanda amatore. E veramente, come detto è, ogni anima d'uomo contemplò i veraci enti; se no, ella non si legava entro umana forma. E il rammentarsi di quelli per via di questi che paiono qui enti, non è agevole a ognuna, né a quelle le quali allora per picciol tempo riguardarono alle cose di lassú, né a quelle anche, le quali, cadute giú in terra, sí furon disavventurate, che, per mala conversazione ad iniquità volgendosi, le sante cose, che ebber vedute allora, obliarono. E però ne rimane poche, che ne abbian ricordanza sufficiente. E queste, quando vedono alcuna similitudine degli enti di lassú, ne sono percosse; e non son piú in sé, e ignorano che passion sia la loro, per la confusione del sentimento. Or di giustizia e temperanza, e dell'altre specie care all'anima, niuno lume è nei simulacri di quaggiú. E poche anime appressandosi a essi simulacri, faticosamente, per ciechi organi, speculano le idee adombrate da quelli. Ma fulgida apparia a noi allor la bellezza, quando con il beato coro seguitando noi Giove, e gli altri Iddii, di beata visione e contemplazione godevamo, intenti a quello che sovra a tutti i misterii si può dire essere il piú beatifico, e celebravamolo interi e franchi di tutti quei mali che ci aspettavano nel tempo di poi; a intere e pure e incommutabili e gaudiose apparizioni iniziati, e fatti veggenti in luce pura, noi puri e non segnati di quei che ora ci portiamo in giro e addimandiamo corpo, legati a quello a modo di ostriche.

XXXI.

Bene si dee essere grati alla memoria però che si è ora favellato di queste cose alquanto lungamente, movendoci il desio della vita d'allora. La bellezza dicemmo, dunque, che lampeggiava a noi ella insieme con gli altri enti; e, venuti quaggiú, per mezzo di quello de' nostri sensi, ch'è piú chiaro, noi la rivedemmo nel fulgore della chiarità sua. E veramente la vista è il piú acuto de' sensi corporali: ma, la sapienza, non la vede; ché, come gli altri amabili enti, quella accenderebbe assai forti amori, se alcun cotal chiaro idolo di sé offerisse agli occhi. La bellezza, ella sola, ebbe questa sorte di essere amabilissima e di esser molto parvente. Or colui che non è iniziato novello, o è corrotto, non tramutasi di qui a là con empito, presso l'istessa bellezza, sí tosto che su alcuna immagine posi gli occhi, la quale prenda nome da quella. Onde non pur senza venerazione guarda, ma, dando sé al piacere, fa di montare e di seminare, a modo di giumento, e di oltraggiar natura niuno timore ha e niuna vergogna. Ma l'iniziato novello, il quale fu molto contemplatore delle cose d'allora, non sí tosto che vede un divino viso o altra corporal forma che ben renda immagine della bellezza, in prima abbrivida, e lo prende un di quelli sacri spaventi di allora; e riguardando poi, quello venera come un Iddio, e, se paura non fosse che lo beffino come pazzo, sacrificherebbegli anche come a statua d'Iddio o a un Iddio. E, via piú riguardandolo, il brividore torna in sudore e calore insolito; imperocché ei incalorisce ricevendo per gli occhi lo effluvio della bellezza, per lo quale l'ala s'inrora; e, incalorito, le vecchie durizie si solvono, le quali costrignevano i germi delle penne sí ch'e' non germogliassero; e, discorrendo lo alimento, lo stelo delle penne turge e sino della radice fa la mossa, e per tutta l'anima è un rifiorire; ché anticamente l'anima era tutta pennuta.

XXXII.

E ribolle dentro, stando cosí ella; e salta, smania. Come quei che mettono i denti provan mordicamento alle gengive, e doglia; cosí mordicare si sente, ed affiamma, si scorruccia l'anima di coloro che son sul metter le ali. E però in riguardare alla bellezza del diletto viso, l'onda dentro sé ricevendo che da quello esce, la qual si chiama rivo d'amore, inrugiadasene ella e riscaldasene; ed allora alleviasi delle doglie e gioisce. Ma se deserta ella è della desiata bellezza, alidisce, e per lo alidore le boccucce si seccano, quelle onde iscoppian le penne, e si raggrinzano e chiudono, affogando il germe delle penne. Il qual germe, richiuso dentro insieme con lo amoroso desio, sí come le arterie, picchia, e punge ciascun uscio, sí che, tutta punta in giro, dal dolore l'anima infuria; ma, se quel diletto viso rivede pur nella mente, rigioisce. E patisce di tutt'e due le passioni per istrano modo miste insieme, sbigottisce ella, arrabbia; e, in furore com'è, né può dormire di notte, né può il dí dovechessia riposare, e là corre bramosamente dove immagina di rivedere il viso nel quale è la bellezza; e, rivedendolo, della amorosa onda inrorandosi, che da quello esce, sí riapronsi le richiuse boccucce; e, respirando ella, dalle punture e dal dolore ha requie, e, in quel momento d'ora, un cotal piacere dolcissimo coglie. Onde non c'è modo che si dispicchi da sé dalla diletta persona, perché di niuna cosa al mondo piú fa riputazione, che di quella, e per quella dimentica e madri e fratelli e amici, tutti; e non le fa niente le neglette sostanze che si dissipano; e le costumanze e le convenevolezze, della osservanza delle quali in passato faceasi bella, tutto disprezzando, non vuol che servire, e starsi, pure che la lascino, dovechessia, al fianco dell'amore suo; perché, oltre al venerare lui avente la bellezza, trova lui solo medico de' suoi grandissimi mali.

A questa passione, alla quale volto è il mio ragionamento, gli uomini dànno il nome d'Amore; ma il nome se odi, che le dànno gl'Iddii, tu riderai forse per la novità, o giovane. Dicono, credo alcuni Omeridi, due versi su Amore, di quelli arcani; e l'uno è ingiurioso, e proprio senza un po' di misura. Eccoli:

Lui chiamano i mortali Amore alato;

Gl'immortali, dator d'ali...

A cotesti versi si può credere, e non credere; ma la cagione e la ragione della passion degli amanti questa è.

XXXIII.

Or se alcuno dei seguaci di Giove preso è da Amore, egli può sostenere con forte animo il corruccio dell'Iddio che prende nome dalle ali; ma i devoti a Marte, che rigiraronsi dietro a lui su per il cielo, se mai innamorano e poi credono che fatto è torto a loro dalla persona amata, cupidi di sangue divengono, pronti a iscellerare le mani in quella ed in sé medesimi. E ciascuno, secondo l'Iddio nel coro del quale egli era, quello onorando e imitando quanto poteva, così vive sua prima vita quaggiú insino a che si serbi illibato, e così comportasi con loro che ama, e cosí con gli altri. E però ciascuno sceglie fra le bellezze l'amore suo, secondo suo modo; e, come se l'Iddio suo quello fosse, sí fassene una statua e adornasela a fine di festeggiarla e onorare. Onde i seguitatori di Giove vogliono che abbia l'amore loro una cotal gioviale anima, e considerano se di natura egli sia in filosofare atto e imperare; e, trovatolo, e innamoratisene, fan di tutto perché tale egli diventi. E se non si furon volti mai a quello studio per lo innanzi, se gli volgono allora, e apprendono ondechessia, e van da sé poi; e, ormeggiando le vestigia, bene trovano qual'è l'Iddio loro, però ch'ei sono necessitati di riguardare intentamente in verso quell'Iddio; e, per virtú di memoria accostandoglisi, e da quello inspirati e accesi, da quello prendon costumi e studii, quanto può uomo prendere da Dio. E accagionando di questo mutamento l'amata anima, vie piú amano. E quei che attingono a Giove, travasando poi, come le baccanti, nell'amata anima, fanno sí che diventi ancora ella somigliantissima all'Iddio loro quanto possa. Quei poi che seguitaron Giunone, cercano alcuna regale anima; e, trovatala, adoperano cosí con lei, come quelli altri. E cosí quei che seguitaron Apollo o vero gli altri Iddii, cercano di un'anima naturata dell'Iddio loro; e, quando le si abbattano, imitando essi medesimi l'Iddio, e, secondo lui, quella per via di persuasione rittimeggiando, quanto possono al culto e alla forma dell'Iddio la radducono. Imperocché, non come presi da invidia né da avara malignità in verso del loro amore, ma, e lo ridico, come bramosi d'informarlo perfettissimamente della maggiore somiglianza che si possa di sé e dell'Iddio che onorano, cosí adoperano.

Questo è il desiderio de' veraci amatori; e, compiendosi, è iniziazione bella e beatifica che l'amatore, furente d'Amore, fa all'amata anima. La quale è presa per cotale modo nella rete d'Amore.

XXXIV.

Come fu distinta in tre parti ogni anima in principio di cotesta novella, due aventi cotal forma di cavallo e la terza di auriga, cosí vogliamo anche presentemente serbare la detta distinzione. E si disse che uno de' cavalli è buono, e che l'altro è tristo; ma ora si vuol chiarire quello che non fu chiarito, cioè qual sia la bontà dell'uno e quale la tristizia dell'altro.

Ecco: quel piú avvantaggiato de' due cavalli ha diritto corpo e pieghevole, testa alta, naso curvo, pelo bianco, occhi neri; ama onore e pudore e temperanza e opinion verace; e non è mestieri sferzarlo, che a' comandamenti della ragione egli è docile. L'altro è torto e tozzo, testa dura, collo corto, naso stiacciato, pelo nero, e azzurrastri e sanguigni occhi, orecchi irsuti; ed è petulante e lascivo e sordo, e cede a stento a' flagelli con pungigli. Ora, sí tosto che l'auriga vede il bel viso, e sentesi affocare tutta l'anima, e acuti desii lo pungono di amore, quel de' cavalli di assai buona voglia ubbidiente all'auriga, cosí allora come le altre volte, per pudore si tiene ch'e' non offenda la giovinetta persona. Ma l'altro né a pungelli di auriga volgesi né a flagelli, ed esaltasi e furiosamente dimenasi, dando al compagno di giogo, e all'auriga, assai aspro travaglio; e sí sforzali di andare a quella, e a pispigliar certe cotali cose. E quelli, a disconvenevoli cose sforzati, contrarie a legge, da prima reluttano con indignazione. Ma, furiando piú l'altro, trascinati pure avanti, cedenti ormai, promettono ciò che quello comanda. E son già presso: ed ecco vedon fulgureggiare quel viso.

XXXV.

E, vedendolo, la mente dell'auriga è traslatata alla superna bellezza, la quale novamente rivede posare su immacolato trono, insieme con temperanza; e spaventa; e tutta all'indietro gittasi dalla venerazione, riversato cadendo in quel che sí tira forte le briglie, che, erti tutti due i cavalli levandosi, ricascano in su le coscie; l'uno di buona voglia, che non rilutta, e di molto mala voglia l'altro, il protervo. Poi rinculando, l'uno dalla vergogna e dalla stupefazione tutto di sudore si bagna; l'altro, quetato il dolore dello strigner del freno e dello accosciarsi, non sí tosto riavuto ha il fiato, dalla stizza, all'auriga ed al compagno di giogo dice villanie e obbrobri, però che al consentito patto per viltà di cuore vennero meno. E riluttanti li vuol ricostrignere a riappressarsi all'amore; ma, supplicando quelli piacciagli indugiare ancora ad altro dí, acconsente a stento. E, venuto il dí posto, ei rammenta a essi che furono li smemorati; e, isforzando e nitrendo e tirando, sí ricostrigneli a rappressarsi alla giovinetta bellezza; e, tosto ch'ei sono presso a quella, distorcendo ed arrizzando la coda e mordendo il freno, tira impudentemente vie piú di forza. E l'auriga, vie piú patendo la medesima passion di prima, gittandosi, come per saltar sbarra, ancor piú in dietro, tirando di schianto a sé il freno dai denti del malvagio cavallo, la maledicente lingua e le mascelle insanguina, e, atterrandolo in su i ginocchi ed in su le cosce, gli dà dolori. E quando il cavallo malvagio patito ha cotesto molte fiate, sbaldanzisce, e, umiliato, docile è ormai al provvido auriga; e, rivedendo il bel viso, di spavento vien meno. Ond'egli avviene che può allora l'amante anima seguitare pudicamente e reverentemente quella ch'essa ama.

XXXVI.

La quale, però che onorata è con ogni specie onori, come se un Iddio fosse, da un che non ha amor solo negli occhi, ma sí nel cuore; e però che ancora ella di natura sua inchinata è ad amare; si volge benignamente verso lui. E se ella, rampognandola i famigliari o alcun altro, dicendole non essere onesta cosa lo appressar sé all'amatore; se ella respinse lo amatore per lo passato, il tempo e la età e il bisogno la inducono poi a riceverlo dimesticamente; imperocché fatato non è mai che sia il cattivo amico al cattivo, e non sia il buono amico al buono. E, ricevutolo, porgendo orecchio a' ragionamenti di lui, e mostrandosi piú da presso la benignità di lui a lei, ella ne è percossa; perocché allora sente ella che tutti gli altri amici e famigliari non le hanno niuno amore a comparazione dell'amico da Dio inspirato. E se ella accosto è a lui ne' ginnasi ed in altri convenimenti, ecco la fonte di quel rivo, il quale lo innamorato Giove chiamò desio, scorrere copiosamente in verso dello amatore, e parte entra dentro lui, e, poi ch'egli è ripieno, parte riscorre fuori. E come vento o eco risaltando da politi e solidi corpi, là volgesi novamente d'onde si mosse; cosí il ruscello della bellezza scorre novamente entro la persona bella, per li occhi, i quali sono vie dell'anima, e, giugnendo a lei, riempiendo le boccucce delle penne, le avviva ed a rigerminare le muove; e sí l'amata anima riempie di amore. Ed ella ama; ma non sa quel che ama, e non sa né può con parola dire la passione sua. Ma come è colui al quale altri, pur per guardare, avventi il mal d'occhi, che non ne sa dir la ragione, è cosí ella; che mira, come in ispecchio, sé nell'amatore suo, e non s'avvede. E, lui presente, riposa, cosí come lui, dal dolore; lui lontano, desia e medesimamente è desiata, avendo ella la immagine dell'amore, non l'amore: e chiamalo, e crede non sia amore ma sí amicizia l'affezione sua; e desia, cosí come lui, un po' piú rimessamente, vederlo e fargli carezze e posarglisi allato. E non tarda, e, com'è verisimile, a cotesto viene ella. E, stando essi accosto, lo immodesto cavallo dell'amatore pispiglia all'orecchio dell'auriga ch'ella è ora, a compenso de' molti travagli, che abbia picciol riposo; e l'altro cavallo della persona amata, quel simile a quello, non fiata, e turge, ed isbalordisce, ed abbraccialo e bacialo: ed ecco che il caval compagno di giogo e l'auriga, con il pudore e con la ragion loro, a coteste cose riluttano.

XXXVII.

E se nell'anima vince quel piú gentile, che induce a componimento di costume e a filosofia, faranno beata vita quaggiú, e conforme a legge; però che per loro continenza e modestia ebber soggiugato la parte di sé medesimi nella quale è malizia, e deliberato quella nella quale è virtú. Dopo morte, messe le ali e fatti lievi, sí han vinto quello dei tre certami veramente olimpiaci, il quale è tal bene, che niun maggiore dar può a uomo né prudenza umana né furore divino. Ma se menaron vita alquanto rusticana, non ingentilita da fior di filosofia, e nondimeno furono d'onor vaghi, li sregolati cavalli, le anime se mai ebbre o altrimenti scioperate, e però non guardinghe tosto superchiando, fanno sí che esse, quello creduto maggior diletto dal vulgo, quello vogliano. E cosí dipoi: ma piú rare volte, però che non dà la ragione tutto l'assentimento. E amici anche questi, benché meno di quelli, starannosi insieme e quando sono in amore e anco fuori d'amore; però ch'essi credono avere dato ed aver ricevuto sacramenti fortissimi, e non essere mai lecito, rompendo quelli, venire in inimicizia. Alla fine, senza penne ma con il desio di metterne, escon del corpo; sí che non riportan picciol premio dell'amoroso furore: perocché non è di legge che facciano viaggio in tenebra, sotto la terra quelli che aveano già cominciato loro viaggio in cielo, ma sí bene che sian beati vivendo vita luminosa, e insieme vadano, e, se metter le denno, mettan le ali insieme, in grazia d'Amore.

XXXVIII.

Questi, o giovane, sí grandi e sí divini doni a te donerà un che ama; ma la dimestichezza d'un che non ama, riguardosa secondo umana prudenza, e di cose transitorie scarsa dispensatrice, ingenerando nella diletta anima servile abito, lodato dal vulgo come se virtú fosse, farà sí che per nove migliaia di anni essa si risolva attorno la terra, e sotto la terra, scema della mente.

O Amore, questa palinodia per te fatta, e bellissima e bonissima quanto io ho potuto, dovutasi, oltre all'altre cose, inflorare di alcune parole poetiche per cagion di Fedro, data è a te, o caro Amore. E a me dando tu venia dell'orazione di prima, e grazia per questa che io ho detto ora, a me sii benigno e propizio, sí che non mi vogli per indignazione tôrre né scemare l'arte amatoria la quale mi hai tu donato; anzi concedi che io, vie piú che al presente, sia onorato dai belli; e se Fedro e io dicemmo cose disconvenevoli a te, ne incolpa Lisia, padre di quella orazione, e rimovilo da orazioni cosí fatte, e volgilo alla filosofia, come si è volto il fratel suo, Polemarco; acciocché l'amico suo, che è qui, non istia piú infra due, come ora, ma, filosofia seguendo, ancora egli viva solo a te, o Amore.

XXXIX.

FEDRO Io prego con te, o Socrate: se il meglio è cosí per noi, cosí sia. Egli è un buon pezzo ch'io ammiro l'orazione tua, perciò che l'hai fatta cosí bella, piú della prima; sí che temo non mi abbia a fare un brutto vedere Lisia, se anche stender volesse un'altra orazione contro quella. Ma dacché, gli è poco, un tal politico riprendendolo di questa bramosia di scrivere lo ingiuriò, per tutta ingiuria chiamandolo cosí, logografo, può essere che, ambizioso come egli è di onore, non ne faccia niente.

SOCRATE O giovinetto, e' fa ridere questa tua credenza; e assai sbagli se pensi che l'amico tuo sia un cosí pauroso di ogni romore. Ma forse altresí tu pensi che colui che lo rampognò dicesse col cuore quel che dicea con la bocca.

FEDRO Pareva: e poi sai anche tu che quelli che nelle città sono avuti molto in onore, e sono molto possenti, si vergognan di scrivere e lasciar loro scritture, per paura poi non li abbiano a chiamar sofisti.

SOCRATE Oh Fedro, tu non sai il proverbio: «Dolce gomito vien dall'aspro gomito, quel del Nilo»; e, oltre del gomito, né anche sai che i politici, quanto piú hanno mente alta, piú sono disiosi di scrivere e lasciar loro scritture. E quando ei scrivono una orazione, tanto è l'amore ai lodatori, che iscrivono quelli che in ogni luogo li lodano in capo all'orazione stessa.

FEDRO Non intendo; come tu di' questo?

SOCRATE Non intendi che quello ch'è scritto primo in capo alla scrittura d'un politico è il lodatore?

FEDRO Come?

SOCRATE Perché comincia cosí: «Parve al Consiglio, o al Popolo», o a tutti e due; «e il tal propose» (e qui lo scrittore nomina sé medesimo, laudandosi e magnificandosi); e poi dopo dice quello ch'egli ha proposto, mostrando ai lodatori la sua sapienza, facendo alcune volte scrittura molto lunga. Ora che altro ti par cotesto, se non una orazione scritta? E se sta ella (cioè se è approvata), dal teatro ne va via il poeta tutto pien di gioia; e se è scancellata, ovvero s'egli è privato di scriverla e giudicato ne è indegno, ne piange, egli e gli amici.

FEDRO Sí, assai.

SOCRATE Dunque è palese ch'egli non sprezza cotale studio, ma lo ammira.

FEDRO Sí, sí.

SOCRATE E che? quando un retore, o un re, sia sí valente ch'egli acquisti la potenza di Licurgo o Solone o Dario, e cosí nella città divenga immortale scrittore di orazioni (cioè di leggi), forse, ancora vivo, non si reputa uguale a un Dio? e tale nol reputano altresí i posteri, considerate le sue scritture?

FEDRO Certo.

SOCRATE Onde credi tu che un di costoro, qualunque e comunque avversario a Lisia, per questo voglia ingiuriarlo, perché scrive?

FEDRO Da quel che tu di', non pare; se no egli ingiurierebbe sé medesimo, avendo l'istessa voglia.

XL.

SOCRATE Onde chiaro è a ognuno, che lo scrivere orazioni non è cosa in sé brutta.

FEDRO Come potrebb'egli essere!

SOCRATE Brutta cosa è non dire e non scriver bellamente, ma sí bruttamente.

FEDRO Sí, vero.

SOCRATE E qual'è il modo di scriver bellamente, o no? c'è bisogno che noi ne richiediamo Lisia o qualunque mai scrisse o vero scriverà scritture politiche o private, o, come poeta, in metro, o senza metro come umile prosatore?

FEDRO Dimandi se ce n'è bisogno? e per che altro si vivrebbe, come dire, se non per cotesti piaceri? per quelli no, per i quali si dee patire prima, se no non si gode: com'è quasi di tutt'i piaceri del corpo, che però sono chiamati servili, e a ragione.

SOCRATE E il tempo c'è, mi pare: e mi par che le cicale, siccome nel gran calore, cantando in sul nostro capo e fra loro ragionando, stiano a guardare noi. E però se vedesser noi due, ora in sul mezzodí, non a ragionare, ma sí come i piú fanno, molcendoci il loro canto, sonnecchiare per pigrizia della mente, elle giustamente ci deriderebbero, riputandoci servi venuti in questo loro ricetto, come pecore, per meriggiare e dormire presso alla fonte. Ma se ragionar ci vedessero, scansando noi loro, come sirene, e navigando pur oltre, non istupefatti dal loro canto; subitamente, quel premio ch'elle hanno dagl'Iddii per dare agli uomini, quello darebbero piene di ammirazione.

XLI.

FEDRO E quale? non mi ricordo di averlo udito io.

SOCRATE Ei sconviene non avere udito cotali novelle un che ama le Muse. Si conta che un tempo le cicale erano uomini, prima che fossero nate le Muse; nate le Muse, la prima volta risonando per l'aria il canto, quelli furon cosí dal piacer presi, che, messisi a cantare, non curarono di cibo e bevanda, e, non accorgendosi, si morivano. E allora venne da essi la famiglia delle cicale, le quali ebbero dalle Muse questo premio, di non aver niente bisogno di mangiare e di bere, e, cosí vuote, di cantare non sí tosto che elle son nate infino a che non son morte, e dopo andare alle Muse a recar le novelle qual di quaggiú a quale di loro fa onore. A Tersicore contan di quei che onorano lei ne' cori, e fanno che le sian piú cari; a Erato, di quei che onoran lei nelle cose d'amore, e cosí simigliantemente alle altre, a ciascuna secondo la speciale dignità sua; e all'antichissima Calliope, e ad Urania che le vien dopo, contan di quei che filosofando passano la vita onorando la lor musica; cantano questo a esse, le quali piú che le altre Muse intendendo al cielo e a' ragionamenti divini e umani, mandan voce bellissima. Per molte ragioni, dunque, s'ha a dire qualche cosa, e non si ha a dormire a mezzogiorno.

XLII.

Dunque si ha a vedere quel che ci proponemmo dianzi, come si parli e scriva bellamente, e come no.

FEDRO Certo.

SOCRATE Un che voglia dir bene, e bellamente, non dee forse aver conoscenza vera di ciò ch'egli avrà a dire?

FEDRO Io, mio caro Socrate, ho udito che un che voglia esser retore non ha bisogno di apprendere ciò che veramente è giusto, ma sibbene ciò che pare cosí alla gente la quale giudicherà lui; né ciò che è veramente buono o bello, ma sibbene ciò che cosí pare; perché da cotesta apparenza nasce la persuasione, e non dalla verità.

SOCRATE Non si dee rigettar parola che dicano savii uomini, o Fedro, ma sí guardarci dentro se mai significhi qualche cosa; e però non si lasci andare quel che detto hai tu ora.

FEDRO Parli diritto.

SOCRATE E ci si ha a guardar dentro cosí.

FEDRO Come?

SOCRATE Ecco: se io ti volessi persuadere che tu, provvedendoti di un cavallo, cacceresti i nemici, e ignorassimo tutti e due com'è un cavallo, ma solo io sapessi di te questo, che Fedro crede cavallo quello tra i domestici animali che ha piú lunghe orecchie...

FEDRO Faresti ridere.

SOCRATE Ancora no; ma quando io volessi persuadere te davvero, componendo una orazione laudativa dell'asino, nominandolo cavallo, e dicendo che assai degna cosa è che questa creatura si stia con noi a casa, e altresí in campo, perché, montati su, bene si battaglia, e a portar salmerie egli è forte, e ad altri molti ministerii è giovevole...

FEDRO Faresti piú ridere.

SOCRATE E non è meglio essere amico che fa ridere, che nemico che fa piangere?

FEDRO È chiaro.

SOCRATE Dunque alloraché il retorico, ignorando bene e male, siasi cattivato un popolo come lui cieco, e studiando nelle opinioni di quello, e lusingando, lo persuada, facendo non già laudi d'ombra di asino come fosse cavallo, ma sí del male come fosse bene, lo persuada a far malvage cose, anziché oneste; qual frutto credi che la retorica di lui coglierà poi dalla semente che ha seminato?

FEDRO Non molto dolce.

XLIII.

SOCRATE Forse, o buon giovane, abbiamo noi, piú ruvidamente ch'e' non si convenisse, ripreso l'arte oratoria; la quale ci direbbe cosí verosimilmente: - Che delirate mai voi, o maravigliosi? Niuno costringo io a cercare di me, il quale sia ignorante del vero; e, se alcuno mi dimandasse consiglio, direi a lui: «Va', apprendi quello prima, poi vieni da me». Ma questo dico io, che è grave, come senza me, conoscendo pure alcuno il vero, del persuadere non però egli avrà l'arte.

FEDRO Se dirà cosí, non ha ella ragione?

SOCRATE Sí, pur che le orazioni in persona vengan dinanzi a lei e testifichino ch'ella è arte. Mi par bene di sentirne appressarsi alcune, ma a testificare che mentisce ella, ch'ella non è arte, ma sibbene esercitazione senza regola. Arte propriamente del dire, dice Lacone, senza l'apprensione della verità, né ci è, né ci sarà mai.

FEDRO Sí, o Socrate, c'è bisogno di queste orazioni: via, menale qua, ed esamina che dicono e come dicono.

SOCRATE Venite qua, nobili creature, e persuadete Fedro padre di belli figliuoli che s'egli non filosoferà bene, mai non sarà buon dicitore su nessuno argomento. Risponda Fedro.

FEDRO Interrogate.

SOCRATE La retorica non è, in genere, un'arte di guidar per via di orazioni l'anima, non che in tribunale e nelle adunanze di popolo, ma ancora ne' negozii privati, siano piccoli o grandi? e bene usata, o in cose gravi o da poco, non è da avere medesimamente in onore? Non hai udito dir cosí tu?

FEDRO Proprio cosí, no, per Giove; ma sibbene che la retorica insegna principalmente come s'ha a dire e scrivere con arte per i giudizii; e ancora per le adunanze di popolo. Non ho udito altro io.

SOCRATE Ma forse udito hai tu le regole retoriche che scrissero Nestore e Ulisse quando si stavano oziosi presso Ilio, e quelle di Palamede no?

FEDRO Quelle di Nestore, no, per Giove; salvo che non mi camuffi tu Gorgia in un cotal Nestore, o Trasimaco e Teodoro in un cotale Ulisse.

XLIV.

SOCRATE Può essere: ma lasciamo costoro. E tu mi di' che cosa gli avversarii fanno ne' tribunali? si contraddicono, non è vero?

FEDRO Vero.

SOCRATE Su quel ch'è giusto o ingiusto?

FEDRO Sí.

SOCRATE Onde colui che adopererà con arte, non farà parere il medesimo ai medesimi ora giusto, ora, se gliene vien voglia, ingiusto?

FEDRO Come no?

SOCRATE E alle ragunanze di popolo farà parer le medesime cose buone ora, e ora male.

FEDRO Cosí.

SOCRATE Veramente, l'eleatico Palamede non si sa ch'ei favellava con tale arte, che pareano agli uditori le medesime cose simili e dissimili, uno e molti, stanti e moventisi?

FEDRO Oh sí!

SOCRATE Onde non solo ci è per i tribunali l'arte contradditoria, e per le ragunanze di popolo, ma in ogni genere di orazione, come pare, con una medesima arte, se arte è, si diverrebbe atti e a simigliare ogni cosa che si possa ad ogni cosa che si possa, e, li assimigliamenti che altri fa e nasconde, a mettere alla luce.

FEDRO Come di' tu questo?

SOCRATE A chi cerca di qua, là apparirà?. Di' se piú nasce inganno in cose differenti molto, o poco?

FEDRO In quelle poco.

SOCRATE E sí, che piú se tu vai a picciol passo da un contrario all'altro, anziché di salto, farai che niuno s'avveda.

FEDRO Come no?

SOCRATE Onde un che ingannar voglia, e non essere ingannato, diligentemente dee scernere la simiglianza e la dissimiglianza delle cose.

FEDRO Di necessità.

SOCRATE Ma un che ignori la verità di ciascuna cosa, può discernere, della cosa ch'egli ignora, alcuna simiglianza nelle altre cose? picciola o grande ch'ella fosse?

FEDRO Non può.

SOCRATE In quelli dunque che opinano contro il vero e s'ingannano, in quelli, è chiaro, per la via di alcune somiglianze lo inganno scorse dentro.

FEDRO Cosí.

SOCRATE E c'è dunque modo che sia alcuno sperto in traslatare ogni volta gli altri, a poco a poco, per via di simiglianze, dall'ente nel contrario suo, o di scansare d'esser traslatato ei medesimo, s'ei non conosce ciò che è ciascun ente?

FEDRO No, mai.

SOCRATE Dunque l'arte oratoria di un che non sa la verità e andato è in caccia di opinioni, sarà, o amico, ridicolosa, sarà arte che non è arte: par cosí.

FEDRO Pare.

XLV.

SOCRATE E vuoi che nella orazione di Lisia, che hai teco, e in quelle che abbiamo dette noi, vediamo che è e che non è secondo arte?

FEDRO Oh se voglio! ché finora si è fatti nudi ragionamenti, senza esempi.

SOCRATE E furon per buona ventura dette due orazioni, che porgono esempio come un che abbia conoscimento del vero, gli uditori trarre può in inganno, giocolando in parole. E questa buona ventura, dico io, ci viene dagli Iddii di questo luogo, o Fedro; e forse anche da coteste muse profetesse, le quali cantando sul nostro capo ci avrebbero inspirati e dato questo premio; perché arte di dire io come io non ne ho niente.

FEDRO Sia pure; ma chiarisci quello che dicevi.

SOCRATE Or su, leggi il principio della orazione di Lisia.

FEDRO «Il fatto nostro conosci; e hai udito quale giovamento io penso che verrà a noi, se ella è come è. Or non mi pare che con me tu abbi ad avere salvatichezza, però che verso te non sono io di quelli presi da amore: perocché quelli poi si pentono».

SOCRATE Basta. Or si ha a dire dove costui sbaglia ed offende l'arte?

FEDRO Sí.

XLVI.

SOCRATE O non è egli palese a ognuno che siam concordi in certe cotali cose? in certe altre, discordi?

FEDRO Mi par bene d'intendere; ma di' anche piú chiaro.

SOCRATE Se uno dice ferro, argento, non intendiamo tutti la medesima cosa?

FEDRO Sí, certo.

SOCRATE Ma s'ei dice giusto o buono, chi con la mente va di qua, chi di là, e ci disuniamo l'un dall'altro e da noi medesimi.

FEDRO Sí, vero.

SOCRATE Onde in quei nomi consentiamo noi quanto al significato; in questi, no.

FEDRO È cosí.

SOCRATE In quale dunque delle due specie di nomi piú siamo ingannabili, e in quali può piú la retorica?

FEDRO In quelli dove noi erriamo, egli è chiaro.

SOCRATE Onde, chi vorrà seguitare la retorica, la prima cosa dee far distinzione di coteste due specie di parole, e apprendere alcuna nota dell'una e dell'altra specie, di quella dove la moltitudine di necessità erra, e dove no.

FEDRO Sarebbe bella cognizione questa, chi l'avesse.

SOCRATE E poi egli dee in ciascuno caso, non già non sentire niente, ma sí sentire con acume in quale delle due specie sia la cosa su la quale avrà a dire: penso cosí.

FEDRO Come no!

SOCRATE Che dunque? diciamo noi che l'amore è fra le cose dubitabili, o no?

FEDRO Fra le dubitabili certo; se no, credi che io consentiva che tu dicessi ciò che ora detto hai di lui, ch'egli è un male all'amato ed all'amatore, e poi ch'è il piú gran bene?

SOCRATE Hai ragione. Ma di' anche (ch'io, infiammato com'era, non me ne ricordo) se io definii l'amore quando cominciai la mia orazione?

FEDRO Sí, in sí bel modo, per Giove, che non si direbbe.

SOCRATE Tanto bello, quanto tu dí le Ninfe dell'Acheloo, e Pane figliuolo di Mercurio, esser nell'arte del dire piú sperti di Lisia, il figliuol di Cefalo. Ma o non dico nulla io, o mi par che Lisia in su l'esordire la orazione amatoria, costrinse noi ad accettar l'Amore per un certo cotale ente, quale egli volle, e poi, tutto secondo il concetto suo coordinando, chiuse la orazione. Vuoi che rileggiamo il principio?

FEDRO Se ti pare; ma non c'è quello che tu cerchi.

SOCRATE Leggi; ch'io voglio udir proprio lui.

XLVII.

FEDRO «Il fatto nostro conosci; e hai udito quale giovamento io penso che verrà a noi, se ella è come è. Or non mi pare che con me tu abbi ad avere salvatichezza, però che verso te non sono io di quelli presi da amore: perocché quelli poi si pentono».

SOCRATE Pare ce ne voglia ch'ei faccia quel che cerchiamo noi, egli che movendo non dal principio, ma sí dalla fine, percorre la orazione natando alla supina e all'indietro, e da quelle cose incomincia, le quali un amatore, parlando alla persona amata, direbbe in ultimo. O che non dico nulla io, o Fedro, capo mio dolce?

FEDRO Sí, o Socrate, incomincia dalla fine egli, è vero.

SOCRATE Che le altre parti? non ti paiono gittate a caso? o che si vede chiaro quello detto in secondo luogo che dovea di necessità essere in secondo luogo? e cosí seguitando. Son bene ignorante io, e pur mi parve che lo scrittore senza timidezza abbia dette le cose sí come gli veniano alla mente: o ci vedi tu alcuna necessità oratoria, per la quale ei cosí abbia collocate le cose l'una appresso all'altra?

FEDRO Oh se' piacevole tu che mi credi atto discerner cosí addentro nelle cose di lui!

SOCRATE Ma questo credo che dirai tu, ch'ei conviene che ogni orazione sia composta come un animale e abbia suo corpo, sí che non sia senza capo né senza piedi, ma con tutte le membra mediane ed estreme, cosí disegnate ch'elle consentan fra loro e con il tutto.

FEDRO Come no?

SOCRATE Or guarda la orazione del tuo amico se ella è cosí o no; e troverai che niente differisce dalla iscrizione inscritta, dicono cosí alcuni, a Mida il frigio.

FEDRO Qual'è mai?

SOCRATE È questa:

VERGINE DI BRONZO SONO IO, E RIPOSO SOVRA AL MONUMENTO DI MIDA.

INFINO A CHE L'ACQUA SCORRE E VERDEGGIANO I LUNGHI ALBERI,

RIMANENDO SOVRA QUESTA TOMBA MOLTO LACRIMATA,

ANNUNZIERÒ AI PASSANTI CHE È SEPOLTO QUI MIDA.

Che qui non fa differenza una cosa detta prima o dopo credo che l'intenda anche tu.

FEDRO Ti burli della orazione nostra, o Socrate.

XLVIII.

SOCRATE E lasciamola, ché tu non mi vada in collera; benché ella fornirebbe esempi molti, ai quali riguardando, intanto uno se ne gioverebbe, in quanto ei non l'imiterebbe per nulla. E passiamo all'altre due orazioni, ché in quelle era veramente qualcosa degna d'esser considerata da chi volesse studiare nella oratoria: cosí penso.

FEDRO Che vuoi dire?

SOCRATE Eran contrarie quelle; ché l'una diceva si ha a esser graziosi con chi ama, e l'altra, con chi non ama.

FEDRO E lo mostrarono valorosamente.

SOCRATE Furiosamente, credeva che dicessi, e dicevi vero: ed era quel che cercava io, perché l'amore è furore; dicemmo cosí noi?

FEDRO Sí.

SOCRATE E ci è due specie di furore: l'uno che procede da umani morbi, l'altro da divino levamento sopra consuetudini e sopra regole.

FEDRO Cosi è.

SOCRATE E distinguemmo quattro specie di furore divino, secondo quattro Iddii: la inspirazione divinatoria, ch'è di Apollo; la iniziatoria a' Misteri, ch'è di Bacco; la poetica, delle Muse; e la quarta, che è di Venere e Amore, dicemmo che è la meglio, ed è lo amoroso furore: e, non so come, adombrando la passione d'amore, forse sfiorando un po' il vero ma subitamente ratti altrove, dopo messa insieme una al tutto non incredibile orazione, un cotal mitico inno cantammo modestamente e piamente al mio e al tuo signore, o Fedro, ad Amore, guardatore de' belli giovani.

FEDRO Certo non mi dispiacque a udirlo.

XLIX.

SOCRATE Or c'è da apprender questo dalla detta orazione: come si sia potuto passare dai biasimi all'Amore, alle laudi.

FEDRO Perché dici cosí?

SOCRATE Perché tutto l'altro mi pare veramente un giuoco: ma se la possanza di quelle due tali specie, che per ventura informarono le nostre orazioni, potesse alcuno apprender per arte, bella cosa sarebbe.

FEDRO Quali?

SOCRATE La prima è, che uno guardi tutte insieme cose molto disseminate, e le rimeni a una idea; acciocché tutte le volte, definendo, faccia manifesta la cosa la quale voglia insegnare: come ora per l'Amore, definito che è, ne abbiam ragionato, bene o male che fosse; onde, se non altro, poté essere chiaro il ragionamento e concorde con sé medesimo.

FEDRO E qual'è l'altra specie? di', o Socrate.

SOCRATE È, che uno possa ripartire novamente secondo specie, membro per membro; e non voglia dirompere niuna parte, al modo di cattivo cuoco. Guarda le due orazioni nostre: esse quel che di demenza è nella mente, compresero in una certa specie comune. E come il corpo, uno per natura, si gemina in due parti omonime, che si chiamano sinistra e destra; cosí le due orazioni giudicarono la detta demenza come una specie che si gemina: e l'una, tagliando la parte sinistra, non dimise di tagliare prima che, trovatovi uno cosí detto sinistro amore, non lo ebbe vituperato molto giustamente; e l'altra orazione c'indusse e guardar la parte destra della mania, e tagliando e trovandovi un cotale, omonimo a quello, divino Amore, e traendocelo innanzi, sí laudollo come a noi cagione di assai grandi beni.

FEDRO Dici verissimo.

L.

SOCRATE E io che voglio essere atto a parlare, e a pensare, io amo, o Fedro, questi spartimenti e adunamenti. E se alcuno è il quale possente creda io a guardare in quel che è uno, e su quel che fatto è molti, le vestigia di lui io seguo, come di un Iddio. E quelli che possono ciò fare, li chiamo, cosí insino a ora e se dirittamente o no lo sa Iddio, li chiamo dialettici. Ma quelli che hanno appreso da te e da Lisia, di', come conviene che li chiamino? O questa, ch'io dico, quell'arte oratoria è per la quale Trasimaco e gli altri sono divenuti esperti dicitori essi, e tale fan divenire chiunque voglia recar doni a loro, come se Re fossero?

FEDRO Uomini regali, sí! non però intendenti di quello che tu domandi. Via, quest'arte che tu di', mi par che la chiami dirittamente, chiamandola dialettica: ma e la retorica? tuttavia ci fugge ella, mi pare.

SOCRATE Che dici? c'è cosa bella fuori della dialettica, e che s'apprende per arte? Se c'è non bisogna sprezzarla né tu né io. Vediamo dunque: che son queste belle cose, che la dialettica non dice?

FEDRO Ce n'è tante, o Socrate, ne' libri scritti di retorica.

LI.

SOCRATE Bene è che me l'abbi rammentato. Credo che s'ha a dir prima un esordio, in principio della orazione: queste di' tu finezze dell'arte, non è vero?

FEDRO Sí.

SOCRATE Secondo, una narrazione, con la giunta di testimonianze; terzo, argomenti; quarto, verisimiglianze; e confermazione e sovracconfermazione credo che dica quell'eccellentissimo Dedalo dell'oratoria, il Bizantino.

FEDRO Il buon Teodoro dici?

SOCRATE Chi, se non lui? e confutazione poi e sovracconfutazione, in accusare e in difendere. E il bellissimo Eveno da Paro non lo tiriamo qua in mezzo, lui che trovò primo le subdichiarazioni e le incidentali laudi? e alcuni affermano che gl'incidentali biasimi ei li dice in versi, in grazia della memoria; ch'è un savio uomo lui! E Tisia e Gorgia? li lasceremo dormire? essi che conobbero che più è da avere in onore il verosimile che il vero? essi che per virtú di eloquenza fan parere le cose piccole grandi, e le grandi piccole, e le nuove antiche, e le antiche nuove: e che trovarono su ogni tema poter fare orazioni concise, ovvero sterminatamente lunghe? Una volta Prodico udendomi dir questo, rise, e disse solo lui aver trovato le orazioni che vuol l'arte; non le vuole lunghe né corte, ma misurate.

FEDRO Molto sapientemente, o Prodico!

SOCRATE E Ippia non lo nominiamo? penso che pensasse anche come lui l'ospite eléo.

FEDRO Perché no?

SOCRATE E che diremo delle musiche orazioni di Polo, il quale e delle locuzioni gemine si fe' bello e delle sentenze e delle similitudini de' bei sonanti nomi donatigli da Licimnio?

FEDRO E non eran tutte cose protagoree queste, o Socrate?

SOCRATE Sí, e certa retta pronunzia, o figliuolo, e altre molte belle cose. Ma per l'arte di far fare gemiti alle orazioni e pianti a pro della vecchiezza e della povertà, lo ha superato il poderoso Calcedonio, mi pare; e altresí a commuover la moltitudine ad ira e, commossala ad ira, per incantamento abbonazzarla: oh gli è terribile assai quell'uomo! e a comporre accuse, e comechessia a dissolverle, è strapotente. Che poi ci abbia a esser la chiusa dell'orazione, è opinion comune; e alcuni la chiamano rifacimento della via, altri con altri nomi.

FEDRO Intendi il rammentare in ultimo agli uditori le cose dette, per capi?

SOCRATE Sí, questo, ed altro se tu piú n'hai a dire su l'arte delle orazioni.

FEDRO Sono piccolezze da non si dire.

SOCRATE Lasciamo le piccolezze e piuttosto guardiamo queste cose stesse alla luce, per vedere qual potenza di arte abbiano esse, e quando.

FEDRO Potenza grande ne' conventi della moltitudine, o Socrate.

SOCRATE E sia: ma, divino uomo, vedi anche tu se a te anche pare che la lor tela ragni, come par a me.

FEDRO Mostra.

LII.

SOCRATE Dimmi: se alcuno, accostandosi all'amico tuo Erissimaco, o al padre suo Acumeno, dicesse: - Io so arrecar certi cotali rimedii ai corpi, sí da scaldarli, se voglio, e raffreddarli, e, se par a me, farli o vomitare o anche andar di giú, e molte altre simili cose, e però credo bene d'esser medico e poter far medico chiunque al quale io comunichi cotale scienza -; che pensi tu che direbbero, ciò udendo?

FEDRO Che altro se non che gli domanderebbero se ancora sa a chi, e quando, e infino a quanto, bisogna fare ciascuno di quei servigi?

SOCRATE E se rispondesse: - Non so; ma qualunque da me abbia appreso la detta scienza, io credo che sia buono a far da sé quel che tu domandi?

FEDRO Penso che direbbero ch'egli è pazzo, che, per aver letto de' rimedii in libri, o trovatili a caso, si crede medico bello e fatto, non intendendo pur niente dell'arte.

SOCRATE E che? se alcun s'accostasse a Sofocle e a Euripide, e dicesse ch'ei sa fare orazioni stralunghe su argomento piccolo, e su uno grande assai corte, e le sa far lamentevoli, se vuole, o spaventose o minacciose, e simili valentie, e che, insegnando questo, crede bene insegnare la poesia tragica?

FEDRO Penso che sorriderebbero ancora essi, o Socrate, se alcuno credesse in altro essere la tragedia e non nella composizione delle dette cose, per tal modo che fra loro elle consentano e con il tutto.

SOCRATE Ma non penso che lo riprenderebbero con un mal volto. Ma come un musico, abbattendosi a uomo che si creda armonico perciò ch'ei saprà fare una corda quanto si può acutissima o molto grave, non gli direbbe cosí, aspramente: - O miserabile uomo, tu hai in corpo altra bile -; ma sibbene cosí, soavemente come musico: - O assai buono uomo, certo si ha a intendere anche di queste cose chi vuole essere armonico, ma niente toglie che né anche sappia un poco d'armonia chi abbia la tua virtú, perciocché tu conosci quel che necessariamente va innanzi all'armonia, non l'armonia.

FEDRO Parli assai diritto.

SOCRATE E cosí direbbe Sofocle a chi si pompeggiasse con lui: - Quel che va innanzi alla tragedia conosci tu, non la tragedia -; e Acumeno: - Quel che va innanzi alla medicina, non la medicina.

FEDRO Cosí, cosí.

LIII.

SOCRATE Che? Adrasto, quel dalla dolce loquela, e anche Pericle, se udissero quei bellissimi artifizii che contavamo noi ora: brachiloghie, iconologhie e giú giú tutti gli altri ch'ora bene dicemmo, fossero guardati alla luce; forse duramente, come me e te che siam ruvidi, direbber parola non gentile contro coloro, che queste cose scrivono e insegnano come arte retorica? o, come piú savii di noi, riprenderebbero noi, dicendo: - O Fedro e Socrate, non convien crucciarsi ma essere indulgenti, se alcuni, non intendenti di dialettica, non han potuto definire che mai è retorica. I quali, possedendo le notizie che necessariamente vanno innanzi all'arte, immaginarono aver trovato la retorica, e insegnandole ad altri, credono aver bella insegnata la retorica; e credono che la scienza di usare questi singoli artifizii sí da generare persuasione, sí da comporre bene il tutto, come fosse cosa da nulla, i loro stessi discepoli se l'abbiano a procurar da sé nelle orazioni.

FEDRO Tal è, a vedere, l'arte che insegnano e scrivono costoro come retorica; e mi par che tu abbi detto vero. Ma l'arte di colui ch'è propriamente retorico persuasivo per qual modo si potrebbe procacciare, e per qual via?

SOCRATE A poter divenir come perfetto atleta, forse e senza forse è, o Fedro, come delle altre cose: se di natura sei retore, aggiungendo scienza ed esercitazione, sarai retore famoso; e quale di queste cose falla, sarai difettivo da quel lato. Ma che tutto quel che ci è di arte, non si trovi per la via per la quale vanno Lisia e Trasimaco, mi par chiaro.

FEDRO Per qual altra via dunque?

SOCRATE Pericle, o bonissimo Fedro, par che fosse veramente perfettissimo sovra tutti nella retorica.

FEDRO E come poté essere?

LIV.

SOCRATE Tutte le arti grandi hanno bisogno di quelle cotali vane, come dicono, e nuvolose speculazioni intorno alla natura; imperocché da quelle l'altezza della mente pare che proceda, e la virtú di volger gli animi dove si voglia. La quale a sé acquistò Pericle, oltre a sua naturale gentilezza. Perciocché, penso, abbattutosi a un di questi cotali uomini speculativi, ad Anassagora, e di nuvolosità riempiutosi, e pervenuto alla conoscenza della natura degli enti, di quelli che hanno intelletto e di quelli senza intelletto, dei quali Anassagora ragionava molto; di là derivò all'arte oratoria ogni giovamento.

FEDRO Come dici questo?

SOCRATE È il medesimo il modo dell'arte medica, che quello della retorica.

FEDRO Come?

SOCRATE Ché in tutte due si ha a conoscere la natura, nell'una quella del corpo, nell'altra quella dell'anima; se vuoi non solo per esercizio ed esperienza, ma per arte, generare nell'uno sanità e vigore co' farmachi e il nutrimento, e nell'altra con ragionamenti e savie ordinazioni infondere persuasione, sia quale tu voglia, e virtú.

FEDRO Par cosí, o Socrate.

SOCRATE Ora credi tu si possa considerare debitamente la natura dell'anima, senza la natura del tutto?

FEDRO No, se convien dare mente a Ippocrate, a lui della schiatta degli Asclepiadi; no, neanche quella del corpo, se non si procede per quella via.

SOCRATE E' dice bene, o amico; ma, oltre a Ippocrate, conviene pur dimandarne alla ragione, se ella consente.

FEDRO Dico di sí.

LV.

SOCRATE Adunque vedi, quanto alla natura, che mai dice Ippocrate e la ragion vera. Forse che su qual si voglia natura non si ha a fare queste considerazioni? prima, la natura della qual vorremmo noi essere conoscitori, e far conoscitori gli altri, è semplice o multiforme? E poi, se ella è semplice, veder la sua naturale potenza, cioè, che può fare ella, e a chi; e che può patire ella, e da chi: e, se ha piú specie, noverar quelle, e ciò che si dee vedere di una, veder di tutte, cioè, che e a chi o da chi ella ha natural potenza di fare o patire.

FEDRO Par cosí.

SOCRATE Se non si fa questa via, con questi riguardi, si camminerà come ciechi; ma colui che persegue l'arte non si dee somigliare a cieco né a sordo. Ma, è chiaro, chi insegna l'arte oratoria, con sollecitudine mostrerà la essenza di questa natura alla quale s'indirizzeranno le orazioni, cioè l'anima.

FEDRO Come no?

SOCRATE Dunque si volge a lei tutta la battaglia; perché la persuasione si vuole operare in lei: non ti pare?

FEDRO Sí.

SOCRATE Onde, è chiaro, Trasimaco e qualunque voglia insegnare davvero arte retorica, prima con ogni diligenza descriverà l'anima, e farà vedere se ella è una di natura e a sé simile, o se è di molte specie, secondo la forma del corpo: ché questo è mostrar la natura, diciamo noi.

FEDRO Sí, vero.

SOCRATE Secondo: che può fare ella e a chi, e da chi può patire.

FEDRO Come no?

SOCRATE Terzo: disposte per ordine le specie delle orazioni e delle anime e dei modi loro, novererà le cagioni; e, legando cosa con cosa, insegnerà quale anima, da quale orazione, per qual cagione necessariamente sarà persuasa, o no.

FEDRO Cosí l'andrebbe bene assai, come pare.

SOCRATE E però, o amico, se egli insegnerà o parlerà altrimenti, mai non scriverà né parlerà con arte, né su alcun'altra cosa, né su questa. Ma quelli che a' nostri dí scrivono in retorica, i quali tu hai udito, quelli sono bene accorti: perciocché, possedendo pur scienza piena dell'anime, la tengono nascosta. Ma primaché parlino e scrivano a questo modo ch'io dico, non crediamo loro ch'e' parlino e scrivano con arte.

FEDRO Qual'è questo modo?

SOCRATE Chiarirlo con parole proprie non mi è agevole; ma come si dee scrivere, se si vuol scriver con arte, quanto si può, te lo vo' dire.

LVI.

Dacché ha potenza la orazione di guidare l'anima, è necessità che sappia chiunque vorrà essere oratore quante specie ha l'anima. Or ce n'è tante e tante, e tali e tali; onde uno è cosí, e uno è cosí. E come le anime, c'è tante e tante specie di orazioni, e tali e tali. E però tale per tale orazione per tal ragione e tale cosa muovesi facilmente; e tal altro, per la ragione medesima, no. E, inteso questo, conviene poi ch'egli consideri esse anime nelle loro operazioni e atti, e con intento occhio le segua; se no, non saprà nulla da quei precetti in fuori ch'ebbe appreso per la conversazione con i suoi maestri. E quando ei possa ideare un tale mosso da tale orazione, e un tale da tal altra; e davvero venendogli poi innanzi l'uomo, lo senta, e in colui che ideava lo raffiguri, e lo mostri cosí a sé medesimo: Ecco, chi ha quella natura, alla quale pensava io che fa quella tale orazione, è qui; dunque per muover lui a questa tal cosa, si ha da usar con lui questa tale operazione: - e se, oltre a queste doti, saprà cogliere il tempo del parlare e tacere; e conoscerà quando convenga il dir breve, o il dire pietoso, o il terribile, ovvero alcuna di quelle altre forme da lui apprese; la sua arte è allora bella e perfetta, prima no. E se parlando, o insegnando, o scrivendo, egli manca in alcuno di questi accorgimenti, e nientedimeno afferma che è oratore secondo l'arte, la vince un che non gli crede. - Su via - (ora dirà lo scrittor di retorica) - o Fedro e Socrate, vi par che sia da pensare cosí della arte oratorica, o altrimenti?

FEDRO Non si può altrimenti, sebbene non è un affar da poco.

SOCRATE Dici vero; e però bisogna, rivolgendo su e giú tutte le orazioni, vedere se c'è altra via piú agevole e breve per giungere a cotesta arte, acciocché invano non la prenda tu lunga e aspra, quando ti è lasciata la breve e piana. Ma se tu hai alcuna idea, avuta da Lisia, o da alcun altro, fa che te ne rammenti, e dilla.

FEDRO Mi potrei provare; ma, ora come ora, no.

SOCRATE E vuoi che ti dica un ragionamento che io udii da alcuni che si occupano di queste cose?

FEDRO Perché no?

SOCRATE Già egli è un proverbio, che giusto è dir le ragioni anche del lupo.

FEDRO E tu dille.

LVII.

SOCRATE Dicono che non si ha tanto a magnificare la questione né tirarla su con aggiramenti, perché, come dicemmo al principio, non è necessario che abbia notizia vera delle cose giuste e buone, e degli uomini giusti e buoni per natura o educazione, un che divenir voglia buono retorico; imperocché, nei tribunali, la gente in questa questione non abbada alla verità, no, ma alla credibilità sola. E questa viene dalla verisimiglianza, alla quale deve porre mente chiunque voglia esser dicitore secondo l'arte: imperocché a volte non si dee contare né anche gli stessi fatti veri, se non furon fatti verisimilmente, ma solo quelli verosimili, in accusare e in difendere; e sempre ha a seguitare il verosimile un oratore, dando un bel saluto alla verità, perché in questa verisimiglianza, se conservata per tutta la orazione, è tutta l'arte.

FEDRO Tu, Socrate, dici quel medesimo che dicon coloro che si professano artefici di orazioni. E mi sovviene che prima lievemente toccammo cotale cosa; ch'è una gran cosa per i professori della oratoria.

SOCRATE Oh come sai bene il tuo Tisia! E ora fa ch'ei ci dica, se per verosimile altro intende di quel che ne pare al volgo.

FEDRO Ma che altro!

SOCRATE E questa fina astuzia la trovò egli, pare, e descrissela; che se uno debole, e ardito, picchia uno gagliardo e di piccolo animo, e levagli il pallio d'addosso o che altro sia, ed è tratto in tribunale, non ha a dire il vero nessun de' due; ma quel di piccolo animo cosí dica: - Chi mi picchiò (cioè l'ardito) non era solo -. E l'altro ripigli ch'eran pur essi due soli, usando di quell'usato argomento: - Come potea io cosí a un cosí porre le mani addosso? - E quello, per non confessar sua viltà in altre bugie avvolgendosi, darà all'avversario modo di ribatterlo: e via cosí. Questa, o Fedro, di' tu che è l'arte? è vero?

FEDRO Come no?

SOCRATE Oh la spaventosa e nascosa arte che ha trovato Tisia, o altri, qualunque ei sia, e donde che sia suo nome! Ma vogliamo parlare a lui, o no?

FEDRO Di che?

LVIII.

SOCRATE Ecco: O Tisia, prima che ci venissi tu, avevamo detto da un pezzo che la fede a quel ch'è verosimile ne' molti nasce per la simiglianza del vero; e abbiamo detto pur ora che colui il quale conosce il vero, colui sa trovar bene assai, e dovunque, questa simiglianza. Onde se dirai tu alcun'altra cosa sopra l'arte oratorica, noi udiremo; se no, crederemo a quel che se n'è ragionato, cioè, che se alcuno non avrà potenza di noverare le nature singole de' futuri suoi uditori, e di scernere le cose secondo specie e comprendere ciascuna dentro a una idea, esperto egli non sarà mai dell'arte del dire quanto esser può un uomo: e questa potenza mai non si conseguirà senza molto studio; nel quale si affannerà il savio, non affinché faccia e dica secondo il piacere degli uomini, ma sí affinché possa, quanto è in poter suo, dire e fare ogni cosa secondo il piacere degl'Iddii. Perocché, non dicono cosí, o Tisia, quelli piú sapienti di noi, che un che ha intelletto non dee curare di esser grazioso ai conservi, se non incidentemente, ma sí bene ai signori, i quali sono buoni e son figliuoli di buoni? E se per giungere a questo termine l'aggirata è lunga, non ti maravigliare, imperocché per le grandi cose bisogna bene aggirarsi; non come tu credi. Nientedimeno, come la ragion dice, può, se vuole, piacere assai anche agli uomini un che piace agl'Iddii.

FEDRO Per essere son cose bellissime; è a veder se si può.

SOCRATE Ma a chi a cose belle si accinge, cosa bella è patire, checché gli avvenga patire.

FEDRO Oh sí!

SOCRATE Dunque che è e che non è l'arte nelle orazioni, se n'è detto assai.

FEDRO Sí vero.

SOCRATE E ora è a dire della convenevolezza o sconvenevolezza della scrittura, cioè quando ella è usata bene, quando male: non ti pare?

FEDRO Sí.

LIX.

SOCRATE Sai dunque tu come piaceresti piú a Dio, trattando o parlando di orazioni?

FEDRO No; e tu?

SOCRATE Ho a dire un racconto degli antichi; e la verità la sanno essi. Oh se la trovassimo noi, ci cureremmo piú forse delle opinioni umane?

FEDRO Che dimanda! fa ridere. Ma di', che hai tu udito?

SOCRATE Ecco: udii che a Nàucrati d'Egitto fu un Iddio, di quelli antichi di là, al quale sacro era l'uccello, il quale chiamano Ibi; e l'Iddio aveva nome Theuth. E ch'ei trovò primo i numeri, l'abbaco, la geometria e l'astronomia e il giuoco delle pietruzze e dei dadi, e anche le lettere. Ed essendo Tamo re allora di tutto quanto l'Egitto, e stando nella grande città della contrada di sopra, la quale gli Elleni chiamano Tebe egizia, e Ammone l'Iddio suo, Theuth andò a lui e mostrogli le dette arti, e disse ch'elle si dovessero insegnare a tutti gli Egizii. E il Re gli domandò del giovamento di ciascuna di esse arti; e, sponendo l'Iddio, il Re biasimava quel che non gliene paresse bene, quel che sí, lodava. E narrasi aver mostrati a Theuth molti beni e mali di ciascun'arte, i quali sarebbe lunga cosa assai a contare. Ma, come si fu venuto alle lettere, Theuth cosí disse: - Queste, o re, faran piú sapienti gli Egizii e piú memoriosi; però ch'elle sono medicina di memoria e sapienza -. E quello: - O artificiosissimo Theuth, uno valente è a partorire le arti, e un altro a giudicare del danno e del giovamento che arrecano poi a quelli che ne useranno. E ora tu, padre di esse lettere, per amore hai affermato esse fare il contrario di quello che fanno. Conciossiaché elle cagionano smemoramento nelle anime di coloro che le hanno apprese, perocché piú non curano della memoria, come quelli che, fidando della scrittura, per virtú di stranii segni di fuori si rammentano delle cose, non per virtú di dentro e da sé medesimi. Dunque trovato hai medicina, non per accrescere la memoria, sibbene per rivocare le cose alla memoria. E quanto a sapienza, tu procuri ai discepoli l'apparenza sua, non la verità; i quali, senza insegnamento, uditori di molte cose, di molte cose si crederanno esser conoscitori, e sono ignoranti, e anche non accostevoli, per ciò che paiano e non sono savii.

FEDRO Socrate, come t'è facile contar di coteste novelle egizie o d'altro paese che tu voglia!

SOCRATE Ma, o amico, quelli del tempio di Giove dodonéo affermano che i primi vaticinii furono detti dalle querce. Dunque quelli antichi d'allora, perché non sapienti come voi giovani, quelli, perché semplici, eran contenti di udire querce e pietre, pure che dicessero vero. Ma per te può essere differenza secondo colui che parla, chi è, di dove è; e non badi solo alla cosa, se è cosí, o non è cosí.

FEDRO Hai picchiato bene: e mi par che sia questa cosa delle lettere come dice il Tebano.

LX.

SOCRATE Colui, adunque, che pensasse lasciare in iscritto un'arte, e colui che la ricevesse, come se intendimento certo e chiaro venisse dalle lettere, sarebbe assai semplice, e ignorerebbe il vaticinio di Ammone, credendo che le orazioni scritte sian piú che ricordi, a chi sa, di quello che la scrittura significa.

FEDRO Parli diritto.

SOCRATE Ché, o Fedro, la scrittura ha di grave questo; ed è proprio simile alla pittura. Imperocché i figliuoli di questa stanno lí come vivi; ma se alcuna cosa domandi, maestosamente tacciono: e cosí le orazioni scritte. Le quali tu crederesti che un poco abbiano a intendere quel che dicono; ma se le interroghi su alcuna delle cose che dicono, per desiderio di apprendere, significano sempre il medesimo. E l'orazione tosto ch'è scritta, si volge di qua e di là, sí tra gl'intendenti come tra quelli ai quali non si convien per nulla; e non sa a chi dee parlare, o no; e ha bisogno, facendolesi soperchieria e riprensione e torto, dell'aiuto del padre, perciocché non si può difendere né si può aiutare da sé.

FEDRO Hai parlato assai diritto anche ora.

SOCRATE Ma vogliam guardare a un'altra orazione ch'è sorella germana di questa, e vedere come nasce; e quanto è di piú gentile natura e anche piú possente?

FEDRO Qual'è? e come di' tu che nasce?

SOCRATE È quella che con isciénza nell'anima del discente si scrive, e si può difender da sé, e sa con chi ha a parlare o tacere.

FEDRO Di' tu la orazione viva e animata di un che sa, della qual si direbbe giustamente una immagine quella che è scritta?

LXI.

SOCRATE Sí. E dimmi ora se spargerà un savio lavoratore di terra negli orti di Adone, d'estate, le sementi che gli son care e che vuol che fruttifichino, e se s'allegrerà però che in otto dí le vede già fatte belle? o se farà cosí, farallo per sollazzo, per la festa? e le sementi che gli stanno nel cuore semineralle dove si conviene, usando dell'arte georgica, e sarà contento che in otto mesi elle faccian frutto?

FEDRO Cosí, o Socrate: in questo caso e' farà da senno, in quell'altro, come di' tu, per gioco.

SOCRATE Ora un che ha scienza di quel ch'è giusto, bello, buono, diremmo che è men savio d'un lavoratore di terra per le sue sementi?

FEDRO Oh no!

SOCRATE Dunque da senno ei non scriverà in acqua tinta, con il calamo seminando parole inete ad aiutar sé con ragioni, e inete da sé a sufficientemente insegnare il vero.

FEDRO No, pare.

SOCRATE No, dunque; ma sí scriverà per gioco, se mai scrive, e seminerà letterarii giardini, com'è a credere, facendo tesoro di ricordi e a sé medesimo, per quando sarà venuta la obbliviosa vecchiezza, e a coloro che seguiranno le sue vestigia: e a veder poi quei giardini tutti inverdire di germogli novelli, s'allegrerà: e quando altri darannosi ad altri giuochi, sé irrigando di vino ne' convivii, e simili sollazzi, allora, come è a credere, anzi che in questi dilettandosi egli in quelli altri giochi che dico io, sí passerà sua vita.

FEDRO Contro vil gioco tu ne di' uno bellissimo, quello di chi giocar può in orazioni su la giustizia e l'altre cose delle quali parli favoleggiando.

SOCRATE E cosí è. Ma credo che è piú assai bel gioco alloraché alcuno usando della dialettica arte, scegliendo convenevole anima, pianta ivi e semini con scienza orazioni atte, a sé e a quello che le piantò, a dare aiuto, e non infruttifere, ma sí aventi semenza onde ne nascano altre in altre anime, e però possenti di serbare questa loro semenza in perpetuo, e di beatificare colui che le ha, quanto beato può esser mai uomo al mondo.

FEDRO Questo che tu di' è gioco anche piú bello.

LXII.

SOCRATE Consentendo in questo, possiam giudicar noi oramai dell'altra questione che tu sai, o Fedro.

FEDRO Quale?

SOCRATE Quella, per intender la quale, venimmo sino all'esame delle riprensioni a Lisia per le sue orazioni scritte, e poi all'esame delle orazioni in sé medesime, cioè quali sarebber scritte con arte o senza arte. Or che è o no secondo arte, mi par sufficientemente chiarito.

FEDRO Mi parve bene; ma come? rammentamelo di nuovo.

SOCRATE Ecco; non prima che uno sappia il vero delle singole cose le quali dice e scrive, e che possa definire l'istesso tutto, e, definitolo, sappia dividerlo novamente in ispecie sino allo indivisibile, e che abbia speculato la natura dell'anima e trovato qual specie di orazione si convenga a ciascuna anima, sí che componendo e ornando la orazione sua ei sappia farla artificiosa, e piena d'ogni armonia per l'anima artificiosa, e semplice per quella semplice; non prima potrà con quella maggior arte che si possa trattare il genere oratorio, né per insegnare né per persuadere, come da tutto il ragionamento a noi fatto è chiaro.

FEDRO Sí, chiaro.

LXIII.

SOCRATE E che? se è bello o brutto dire e scrivere orazioni, e quando a ragione ei se ne direbbe vituperio, o no, quel che fu detto pur ora non lo ha chiarito?

FEDRO Che si disse?

SOCRATE Questo, che se Lisia o alcun altro mai scrisse o scriverà, per suo esercizio o vero per il popolo, leggi, cioè politiche orazioni e immagina ch'elle abbiano in sé grande fermezza e chiarezza, allora allo scrivente ne vien vergogna, si dica o no; imperocché non scernere il dí dalla notte nel fatto di giusto e ingiusto, di male e di bene, non può non essere vituperabile cosa, ancoraché ci lodi tutta la gente.

FEDRO. No.

SOCRATE Chi poi in una scrittura, qualunque sia l'argomento, crede ci abbia a esser molto diletto, e che niuna orazione, o in metro o senza, degna sia che dica o scriva con grande studio (come quelle che si recitano tanto per persuader lí per lí, cucite senza scernimento e dottrina); e crede che veramente anche le orazioni migliori giovano come ricordi a quei che sanno; e che sole quelle insegnative e ammaestrative, scritte veramente nell'anima, sul giusto e il bello e il buono, quelle siano chiare e perfette, e però degne di studio; e crede che queste tali orazioni si abbiano a dir sue figliuole legittime, in prima quella ch'ei trovò esser nell'anima sua, e poi, secondo dignità, le figliuole, se ce n'è, o sorelle di quella, nate in altre anime; e crede che alle altre orazioni s'ha a dire il saluto, e via; questo cotale uomo pare, o Fedro, esser quale io e tu pregheremmo che tu e io divenissimo.

FEDRO E ben voglio io e prego quello che dici.

LXIV.

SOCRATE Via, ci si è sollazzati assai su le orazioni. Ora, tornato che sarai tu a Lisia, gli conterai che noi due, scesi nella fonte delle Ninfe e nel sacrario delle Muse udimmo certe cotali parole: - Dite a Lisia, o se alcun altro è componitore di orazioni; e ad Omero, o se alcun altro è componitore di nude poesie o vero ornate di canto; e terzo a Solone e a qualunque componitor di scritture sul civile reggimento, ch'ei chiami leggi; dite che se in comporre tali cose avea conoscimento del vero, e se può soccorrere ai suoi scritti ribattendo le argomentazioni avverse con ragionamenti vivi, nei quali avesse posto cura, sí da mostrar che quelli a comparazione di questi son picciola cosa; dite che per niun modo da quelli, ma sí da questi egli avrà nome.

FEDRO Quale nome, dunque, tu dài a lui?

SOCRATE A chiamarlo, o Fedro, con quello di sapiente mi par gran cosa e che si convenga solo a Dio; piú tosto con quel di filosofo, o altro simile, che piú faccia con lui dolcezza e concordia di suono.

FEDRO E non è niente sdicevole.

SOCRATE Ma uno che non ha di meglio che le cose ch'egli ha composte e scritte, e se le rivolge su e giú tutto il dí, or aggiungendo e or levando, non a ragione lo chiamerai tu o poeta o logografo o nomografo?

FEDRO Come no?

SOCRATE Dunque dirai cosí all'amico tuo.

FEDRO E tu? non déi trascurare né anche tu il tuo amico.

SOCRATE Chi è?

FEDRO Isocrate il bello, al quale che conterai che pensiamo noi di lui?

SOCRATE Isocrate ancora è giovine, o Fedro; ma quel che divino io di lui, te lo vo' dire.

FEDRO Che?

SOCRATE Ei mi pare essere di miglior natura di quella che si mostra nelle orazioni di Lisia, e anche di piú gentile costume; sí che non sarebbe niente da maravigliare se, crescendo la età, nell'istessa oratoria alla quale attende presentemente, vincesse tutti coloro che si provorono in passato nelle orazioni, piú che s'ei fosser fanciulli; e se, non contentandolo piú il detto studio, a maggiori cose menasselo un cotale divino impeto; perciocché certa naturale filosofia è nella mente di lui, o amico. Queste cose da parte di quest'Iddii annunzierò io al diletto mio Isocrate, e tu quelle altre al tuo Lisia.

FEDRO Sí, lo farò: ma andiamo, ora che è calato un po' il caldo.

SOCRATE E non s'ha a pregare quest'Iddii prima di andar via?

FEDRO Come no?

SOCRATE O caro Pane, e voi tutti che di questo luogo siete Iddii, concedetemi che sia bello io di dentro, e che tutto quel che ho di fuori si concordi con quel di dentro; e ch'io reputi ricco il savio; e ch'io abbia tant'oro, quanto ne può solo portar seco colui che è temperato. - Oh che c'è bisogno d'altro? di', Fedro. Quel che ho pregato io, mi basta.

FEDRO Cosí prega tu anche per me, che le cose degli amici sono comuni.

SOCRATE Andiamo.